알고 보니,
문학도 철학이었다

이수정 철학에세이

알고 보니,
문학도 철학이었다

한-중-러-유-미-일, 운명처럼 만난 명작 50

이수정 지음

철학과 현실사

차례

I __ 한국편

Ⅱ _ 중국편

Ⅲ _ 러시아편

Ⅳ _유럽편

Ⅴ _미국편

VI __ 일본편 ●

서문

40여 년 전, 그때 나는 소위 '문학소년'이었다. 40여 년 후, 지금 나는 '철학교수'가 되어 있다. 그다지 드문 일도 아닐 것이다. 이 40여 년의 시차가 무색하게 나는 지금도 이 두 가지 얼굴을 함께 지니고 있다. '문학'과 '철학', 이 두 가지의 매력 중 어느 하나도 포기하고 싶지 않기 때문이다.

요즘 세상은 그렇지 않은 모양이지만 나는 이 두 가지가 '사람'을 위해서도 '나라'를 위해서도 반드시 필요한 정신적 자양이라고 믿어 마지않는다. 나는 이 나라의 질 내지 수준에 큰 관심을 갖고 있는데, 이 나라가 나아가야 할 방향은 '질적인 고급 국가' 외에 다른 선택지가 없다는 게 내 생각이다. 그것은 오직 '질적인 고급 인간'에 의해서만 가능할 수 있다. 그런 인간이 인문학적인 소양 없이 자라기를 기대하는 것은 물 없는 사막에서 장미가 피어나기를 기다리는 것과 다를 바 없다. A 없이는 원천적으로 B의 존재가 불가능한 것이다.

그 인문학적인 토양이 지금 황폐하기 이를 데 없다. 이 책은 그 토양을 위해 한 줌의 비료가 되려는 것이다. 체제는 좀 특이하다. 문학적 철학 혹은 철학적 문학이다. 이 두 가지가 다 들어 있다. 요즘 유행하는 퓨전 혹은 융복합이라고 해도 좋다. 단, '산책처럼 부담 없는, 곧바로 이해되는, 나름 재미있는, 그러나 가볍지는 않은 글쓰기', 그게 나의 확고한 방침이다. 이 책도 아마 그럴 거라고 기대한다.

나는 여기서 문학적-철학적 세계일주를 시도했다. 한국에서 출발해 서쪽으로 중국-러시아-유럽-미국-일본에까지 지구를 한 바퀴 빙 돌았다. 거기서 50인의 작가와 그들의 작품 50편을 만났다. 그 페이지를 넘기며 그 속에 숨어 있는 '철학적 의미'들을 읽어본 것이다. 기대컨대 고개를 끄덕이는 지적 동지들도 없지 않을 것이다.

교과서도 연구서도 해설서도 아니므로 딱딱함은 사양이다. 그야말로 내키는 대로 선별했고 내키는 대로 썼다. '내게 좋았던 것'이 기준이라면 기준이다. 이것이 많은 독자들에게도 좋은 것이 된다면 더할 나위 없다. 부디 독자들의 마음에 드시기를, 그리고 많은 분의 인문학적 소양에 기여하기를, 그리고 이 나라의 질적 제고에 도움 되기를 진심으로 바라고 또 바라 마지않는다.

2018년 여름
이수정

일러두기

1. 각 국가(지역)별로 10편씩을 선정했으나 러시아와 미국은 5편에 그쳤다. 필자가 선호하는 '50'에 맞추기 위한 불가피한 결정이다. 러시아와 미국은 '유럽'의 연장이라는 생각도 작용했다. 독자들의 양해를 구한다.
2. 글의 순서는 한국을 시작으로 해서 서쪽으로 지구를 한 바퀴 돈 것이다.
3. 챕터 내의 순서는 작가의 연령순이다.
4. 학문적-자료적 가치를 위해 핵심 인용문에는 가급적 원문을 병기했다.
5. 원작 등으로부터의 인용은 " "표로, 혹은 들여쓰기로 표시했다.
6. 글의 성격상 인용 출처를 따로 표기하지는 않았다.
7. 책의 제목은 《 》로, 작품의 제목은 〈 〉로 표기했다.
8. 외국어 표기는 일부 표기법에 따르지 않고 현지 발음을 기준으로 했다.
9. 본문 중에는 《경남도민신문》의 '아침을 열며'에 발표된 것도 다수 포함되어 있음을 밝혀둔다.

Ⅰ 🇰🇷 한국편

최치원 〈오래된 생각(古意)〉
사람 아닌 사람

60여 년 인생을 살면서 개인적으로나 사회적으로나 참 많은 사람들을 겪어보았다. 별의별 사람들이 다 있다. 호랑이처럼 무서운 사람, 여우처럼 교활한 사람, 곰처럼 미련한 사람, 양처럼 순한 사람, 늑대처럼 포악한 사람, 돼지처럼 탐욕스런 사람… 그 종류도 질도 천태만상이다. 개중에는 자신의 이익을 위해 언제든 상대를 물어뜯고 할퀼 날카로운 이빨이나 발톱을 감추고 있는 자들도 많다. 그런데 그런 자들은 대개 변장에 능해서 대부분 자신의 정체를 숨긴 채 '좋은 사람'의 가면을 쓰고 있다. 그래서 우리는 사람과 얽힐 때 조심 또 조심하지 않으면 안 된다. 그 가면이 '가짜'이기 때문이다. 그것이 위험을 가리고 있기 때문이다. 그 가면 뒤의 시커먼 혹은 시뻘건 맨얼굴이 나를 그리고 세상을 해칠 수도, 망칠 수도 있기 때문이다.

이걸 꿰뚫어 본 한 선인이 있었다. 저 신라의 최치원이다. 1,100년 전의 그가 놀랍게도 이런 시를 남겼다.

狐能化美女(호능화미녀)

狸亦作書生(리역작서생)

誰知異物類(수지이물류)

幻惑同人形(환혹동인형)

變化尙非艱(변화상비간)

操心良獨難(조심량독난)

欲辨眞與僞(욕변진여위)

願磨心鏡看(원마심경간)

여우는 미인으로 변하고

삵도 서생으로 둔갑할 수 있다네

사람이 사람 아닌 무엇인지 누가 알리

허깨비가 사람 모양 하고서 홀리는 건지

형체를 바꾸는 건 오히려 어렵지 않지만

올곧은 마음 지니긴 정말 어렵네

참과 거짓을 분별하려면

부디 마음의 거울 닦고서 보시길

　그는 신라에서 당으로 건너가 거기서 관직에 오르며 문명을 날린 수재다. 많은 사람들을 겪었을 것이다. 이 시의 배경이 당인지 귀국 후의 신라인지는 알 수 없다. 그의 체험에 의한 것일 테니 둘 다일 수도 있다. 흥미로운 시가 아닐 수 없다.

인간세상이 원래 이런 거라는 시간적-공간적 보편성을 이 1,100년의 시차가 그리고 나당(羅唐)의 거리가 웅변으로 말해 주고 있는 것이다.

그는 이 시에서 호, 리, 이물류, 환혹, 변화, 위를 말하고 있다. 여우 같은 인간, 살쾡이 같은 인간, 인간 아닌 인간, 인간 같지 않은 인간, 허깨비의 홀림, 변신, 가장, 거짓, 그런 것들을 그는 아프게 겪었을 것이다. 그런데 그런 자들은 사람과 똑같은 모습으로 사람인 척하는 데 능하다. 심지어 미녀이기도 하고 서생이기도 하다. (미녀나 서생 중에도 그런 자들이 있다는 말이다.) 그런 변신은 그들에게 일도 아니다. 심지어 사람을 현혹한다. 호리고 속이는 데 비상한 재주가 있다. 특히 감언이설에 능하다. 자칫하면 홀딱 넘어간다. 저 수많은 사기 사건이나 일상 속의 '뒤통수 치기'를 상기해보라. 그래서 주의가 필요한 것이다. 그들에게는 '조심'(올곧은 마음)이 없다. '진정'이 없다. 그래서 선량한 사람, 올곧은 사람들에게는 '분별'이 필요한 것이다. 진짜와 가짜를 가려 볼 줄 아는 분별. 그것을 분별해 보여주는 '마음의 거울'이 필요한 것이다. 더욱이 최치원은 그 마음의 거울이 흐려질 수 있음도 꿰뚫어 알고 있다. 그래서 그걸 갈고 닦으라 권하고 있다. 닦고서 제대로 그 정체를 비춰 보라고, 그런 눈을 가지라고 권하고 있다.

우리는 과연 그런 거울을, 그런 눈을 가지고 있는가. 절실히 필요하다. 자기 자신이 홀려서 당하지 않기 위해서도 필요하지만, 이 사회 이 국가를 위해서도 절실히 필요하다. 특히 높으신 분들을 뽑는 투표장으로 갈 때 더욱 필요하다. 우리는 그동안 얼마나 많이 '호리'들에게 현혹되었으며 그들의 변신을 속절없이 지켜봤으며 얼마나 많은 국민의 혈세로 그들의 배를 채워주었던가. 잘 비춰 보지 않으면 안 된다. 진짜와 가짜를 잘 분별하지 않으면 안 된다. 이건 최치원이 '오래전부터 하던 생각'일 뿐 아니라, 적어도 1,100년이 넘은 '아주 오래된 생각', 즉 '고의(古意)'다. 1,100년 전의 저쪽에서 신라의 수재 최치원이 이쪽 21세기의 우리에게 보내는 잘 닦인 거울이 아닐 수 없다. 어쩌면 그는 이런 말을 하고 싶었는지 모른다. '사람이라고 다 사람이더냐. 사람 같은 사람이어야 그게 사람인 게지…'

함석헌 〈그 사람을 가졌는가〉
'그 사람'

60여 년, 인생이라는 것을 살아보니 그건 언제나 실전이었다. 서론도 리허설도 없이 다짜고짜 본론이었다. 거기에 절박한 혹은 적어도 절실한 상황들은 필수적인 무대장치였다. 그것들은 하늘의 구름처럼 시도 때도 없이 왔다가 가고 왔다가 가곤 했다. 그런 상황에서 무엇보다 간절했던 것은 '사람'이었다. 많이도 필요 없었다. '누군가 한 사람'이었다. 그런데 '그 한 사람'이 참으로 드물었다. 나만의 느낌일까?

1953년에 나온 함석헌 선생의 시집 《수평선 너머》에 〈그 사람을 가졌는가〉라는 시가 수록되어 있다. 1947년 7월 20일 쓴 것이다. 여기에도 '그 사람'이 언급되어 있다. '씨올'이라는 것이야 워낙 유명하지만 이분이 시를 썼다는 사실은 의외로 잘 알려져 있지 않다. 그때나 지금이나, 시대를 배경으로 이 시를 읽어보면 그 단어들이 가볍지 않은 무게로 우리의 가슴에 다가온다.

〈그 사람을 가졌는가〉

만 리 길 나서는 길
처자를 내맡기며
맘 놓고 갈 만한 사람
그 사람을 그대는 가졌는가

온 세상 다 나를 버려
마음이 외로울 때에도
'저만이야' 하고 믿어지는
그 사람을 그대는 가졌는가

탔던 배 꺼지는 시간
구명대 서로 사양하며
"너만은 제발 살아다오" 할
그 사람을 그대는 가졌는가

불의의 사형장에서
"다 죽여도 너희 세상 빛을 위해
저만은 살려두거라" 일러줄
그 사람을 그대는 가졌는가

잊지 못할 이 세상을 놓고 떠나려 할 때
"저 하나 있으니" 하며
벙긋이 웃고 눈을 감을
그 사람을 그대는 가졌는가

온 세상의 찬성보다는
"아니" 하고 가만히 머리 흔들
그 한 얼굴 생각에
알뜰한 유혹을 물리치게 되는
그 사람을 그대는 가졌는가

이런 시를 읽고서 우리 주변을 둘러보면 참담한 심정을 금할 수 없다. 세상에 사람은 넘쳐나건만 이 시가 말하는 '그 사람'은 참 보기가 쉽지 않다. 먼 길 떠나며 처자를 맘 놓고 맡길 사람이 어디 있는가. 세상이 다 나를 버릴 때 끝내 믿을 수 있는 사람이 어디 있는가. (오죽하면 저 공자도 '붕우신지[朋友信之: 벗들을 믿게 하기]'를 소원의 하나로 언급했겠는가.) 위급의 순간 나에게 구명대를 양보할 사람이 어디 있는가. (어린 학생 수백 명을 침몰하는 배 안에 남겨두고 나 홀로 탈출한 세월호의 선장이 이 시대의 못 믿을 인간상을 대표한다.) 내가 없더라도 그 사람 때문에 세상이 든든할 그런 인물이 어디 있는가. 세상이 다 이게 옳다며 휩쓸려갈 때 과감히 그게 아니라고 반대할 올곧은 사람이 어디 있는가. 그런 사람은 이미 거의 전설이 되어 있다. 있다면 거의 천연기념물이다. 거의 '멸종 위기 동물'이다. 혹은 '천복'이다. 아니, 없는 건 둘째 치고, 요즘 사람들은 아예 이런 언어조차 입에 담지 않는다. '그 사람', 함석헌 같은 그런 사람이 한없이 그리워지는 시대를 요즘 우리는 살고 있다.

서정주 〈난초〉
하늘의 고요

어제는 번개 천둥에 비가 요란하게도 쏟아지더니 오늘은 거짓말처럼 개어 하늘이 너무나 맑고 고요하다. 가뿐한 마음으로 창가에 다가서는데 거기 있던 난초가 밤새 한 송이 청초한 꽃을 피웠다. 오! 하는 순간의 감동. 그 꽃의 모습이 마치 나와 함께 저 창밖의 하늘을 쳐다보는 것 같다. 그 느낌에서 갑자기 과거의 어느 한 장면이 겹쳐졌다.

벌써 10여 년도 더 지난 것 같다. 학과 졸업생이 하는 한 한식당이 있어 동료 교수들과 격려차 방문한 적이 있다. 그런데 그 홀 한가운데 있는 기둥에서 너무나 뜻밖의 보물을 만나게 됐다. 일견 평범해 보이는 액자가 하나 걸려 있는데, 차분한 난초 그림이었다. 그리고 그 옆에 시 같기도 한 짧은 글이 딱 한 줄 적혀 있었다. 무심코 읽어보고 난 눈이 번쩍 뜨였다. 거의 소름이 돋았다.

"하늘이 너무나 고요하시니 난(蘭)은 궁금해 꽃피는 거라"

아니, 어떻게 이런 글이! 완전 사로잡혔다. 일본의 하이쿠
와 와카도 좋아하던 터라 한글로 된 이 구가 더욱 반가웠다.
그런데 그 곁에 적힌 친필 서명과 붉은 낙관을 보고 난 또 한
번 놀랐다. 그건 분명 '미당(未堂)'이었기 때문이다. 그때 난
이 시의 존재를 아직 모르고 있었다. 〈국화 옆에서〉와 〈풀〉과
〈산골 속 햇볕〉 등 그분의 시를 엄청 좋아하고 있었지만, 이건
그 이상이었다. 난 지금도 이것을 미당 시 중 최고의 한 편으
로 친다. 한국어를 자랑스럽게 만드는 시가 아닐 수 없다.

그 후 짧지 않은 세월이 흐르면서 이 시는 내 안에서 발효
가 되어 어느새 하나의 철학으로서 향기를 내뿜고 있다. 나는
이따금씩 이 시의 주인공인 난초가 되어 저 너무나도 고요한
하늘을 궁금해 한다. 하늘의 고요! 이건 그저 단순히 저 폭풍
우가 지난 뒤의 정적만을 의미하지 않는다. 나는 이 시에서 파
스칼이 말한 "저 무한 공간의 영원한 침묵은 나를 두렵게 하
는구나."라는 철학적 고백을 함께 듣는다. 그리고 저 《논어》가
알려주는 공자의 가르침도 함께 듣는다. "하늘이 무슨 말을
하느냐…"(子曰 "子欲無言." 子貢曰 "子如不言, 則小子何述
焉." 子曰 "天何言哉. 四時行焉, 百物生焉, 天何言哉."[17:19])
공자 역시도 하늘의 말 없음, 하늘의 고요를 주목하고 있는 것
이다. 나는 이 시와의 만남 이전에(1986년에) 이런 졸시를 쓴

적이 있다. 독일어다. 제목은 〈Am Sommerfenster(여름 창
가에서)〉다.

Sehnet;

Versuch, die Stille zu schauen

Betet;

Verlangen, das Licht zu hören

Plötzlich,

Wenn ein Wind weht vom Süden

Und

Wenn eine Rose blüht im Garten

Dann

spricht Gott im Schweigen

leise, ganz leise

spricht Gott im Schweigen

동경하듯이

고요를 보고자 눈을 떠보라

갈구하듯이

빛을 듣고자 귀를 열어라

갑작스럽게

남에서 바람 한 줄기 불어올 적에

소리도 없이

뜰에서 장미 한 송이 피어날 적에

숨죽여보면

침묵 속에서 신이 말씀하시네

나지막하게

침묵 속에서 신이 말씀하시네

그때 내가 궁금해 했던 '신의 침묵', 이건 '하늘의 고요'의
다른 버전이다. 그렇다. 나는 서정주와 파스칼과 공자와 함께
저 하늘의 고요를 궁금해 한다. 어디 저들뿐이랴. 이 지상의
거의 모든 인간들이, 적어도 뭔가를 간절히 기도할 때, 어떤
형태로든 저 하늘의 언어를 듣고 싶어 한다. 그러나 하늘은 끝
내 말이 없다. 그래서 누군가는 궁금해 하고 누군가는 두려워
하고 누군가는 계절의 변화나 만물의 생육 자체가 그것이라
해석하기도 하고, 누군가는 남풍의 불어옴과 장미의 피어남
에서 그 비슷한 것을 감지하기도 한다. 하늘의 고요는 하늘의
본질이다. 수천 수만 수억 년간 한마디도 말이 없다. 그래서
그 고요의 해석은 인간의 몫이 된다. 어쩌면 과제다.

나는 60이 넘은 지금, 이 하늘의 고요 그 자체가 혹시 하늘
의 언어가 아닐까, 그런 생각을 해보고 있다. 어쩌면 이것은
인내, 어쩌면 기다림일지도 모른다. 어쩌면 외면 혹은 분노일
지도 모른다. 우리 인간들에 대한. 우리 인간들의 온갖 외람된

오만에 대한. 부정에 대한.

우리 인간들은 지금 하늘의 위임에 대해, 기대에 대해, 어떻게 답하고 있는 걸까? 하늘로부터 부여받은 그 자유의지와 이성을 우리는 어떻게 사용하고 있는 걸까? 할 말은 산더미 같지만 나는 오늘도 저 하늘을 가득 채우고 있는 혼탁한 미세먼지가 그 대답의 한 대표적 상징이 아닐까 하고 해석한다. 하늘은 어쩌면 불벼락을 내리고 싶을지도 모른다. 그러나 아직은 고요하다. 하늘은 참 인내심이 대단한 것 같다. 그러나 나는 저 하늘의 고요가 왠지 불안하다. 조만간 참다못한 하늘의 기침소리가, 그리고 호통소리가 들려올지도 모르겠다. 우리는 조만간 식음을 전폐하고 하늘에 대해 석고대죄를 해야 할지도 모르겠다.

제발 저 하늘을 화나게 하지 말자. 저 잔뜩 찌푸린 하늘의 회색 표정이 보이지 않는가. 어떻게든 하늘에게 저 본연의 푸름을 되돌려주자. 우리 모두의 심성이 저 난초처럼 청초해진다면 그게 아예 불가능하지는 않을 것이다. 그 한 송이 난초꽃을 피우기 위해 나는 한 마리 소쩍새가 되어 울고 싶다. 비록 봄부터는 아니더라도. 그리고 한바탕 천둥이 되어 울고 싶다. 이 21세기의 먹구름 속에서.

박경리《토지》
오만과 겸손

친한 동료들 몇이서 어울려 하동 평사리에 다녀왔다. 의도한 것은 아니지만 '최참판댁'을 둘러보면서 본의 아니게 박경리 문학기행을 한 셈이 되고 말았다. 서희, 길상이, 조준구, 조병수, 봉순이, 이상현… 그런 이름들이 아련한 어린 시절의 친척들처럼 되살아났다. 그분의 동상을 살포시 안아드린 게 아마 큰 실례는 아닐 것이다.

나는 개인적으로 박경리 선생을 한국 현대소설의 최고봉으로 친다. 단언컨대 그분은 한국의 자랑거리다. 여성의 자랑거리라 해도 좋다. 잘난 체하는 남성들 중에서도 그만한 크기의 인물은 찾기가 쉽지 않다. 그분의 표정과 말과 행동이 그 충분한 증거를 제시한다. 나는 지금도 대학 시절, 몇 날 며칠을 골방에 틀어박혀《토지》를 읽고 내친김에《시장과 전장》까지 읽었던 기억이 생생히 남아 있다. 아니 읽었다는 기억보다도 다 읽은 뒤의 그 뭐라 표현하기 힘든 먹먹한 감동이 한동안 지속

되던 그 독특한 감각을 생생히 기억한다. 나는 왜 그분이 노벨문학상을 받지 못했는지 지금도 좀 의문이다. 내가 보기에 그분의 글들은 저 카와바타 야스나리나 오에 켄자부로보다 나으면 나았지 결코 못하지 않다.

박경리의 문학은 그저 단순한 이야기로 다가 아니다. 그분의 글에는 철학이 녹아 있다.《토지》마지막 권의 이 말도 그 증거의 하나가 되기에 충분할 것이다.

"인간은 습관의 동물이라고 한다. 어디 인간만이겠는가. 무릇 모든 생명에는 모두 습성이 있기 마련이다. 제각기 독특한 삶의 방식을 가지고 있는 것이다. 다만 인간에게는 선악으로 구분 짓고 도덕이라는 균형을 정하는 이성이 있으며 영성에 대한 끝없는 갈증이 있다. 그것이 다른 생명들과 다른 점이다. 그러니 선악의 기준이 없는 다른 생명들은 본성을 감출 필요도, 본성을 간파할 필요도 없다. 있는 그대로 허위가 없는 것이다. 그러나 마음까지 없을까. 어미 잃은 새끼 고양이가 공포와 절망 때문에 울부짖는 소리를 우리는 들을 수 있고 한발에 목말라 하는 식물, 비바람에 뿌리를 지키기 위한 식물의 저항을 볼 수도 있다. 그와 반대로 어미 곁에서 재롱을 피우며 경계심이 없는 새끼 고양이, 화창한 날씨 싱그러운 햇빛 속에서 식물들 소용돌이는 경쾌하게 느껴진다. 그것은 모두 원래의 형체와 별 상관이 없는 과정(시간)과 환경(공간)에 의해 빚어지는 상황이다. 물론 인간도 원칙적으로 숙명적 형체로 태어나 과정과 환경에 지배를 받지만 그 욕망은 무한하고 사물의 인식은 헬 수 없이 다양하며 사고의 갈래 또한 무궁무진하다."

이런 통찰은 별 문제의식도 없이 단순 지식을 나열하는 철학교과서나 논문 따위보다 훨씬 더 철학적이다. 풀이하자면 한도 끝도 없어 생략하지만, 마지막 권에서 악당 조준구의 꼽추 아들 조병수가 하는 말은 철학적으로 따로 음미해볼 가치가 있다. 조준구가 불쌍한 어린 서희와 억지로 짝지으려 했던 그는 악한 제 아비와 달리 어릴 때부터 자연을 관찰했고 사색을 했고 인간의 도리를 알았고 그 도리를 다함에 거짓이 없었다. 악독한 아비와 선량한 아들, 이 대비는 그가 불구자임을 통해 더욱 선명히 드러난다. 그는 통영에서 소목장으로 성실한 삶을 살고 늙은 조준구도 결국 그에게 노구를 의탁한다. 그 조병수의 말이 참으로 징하다.

"불구자가 아니었다면 나는 꽃을 찾아 날아다니는 나비같이 살았을 것입니다. 화려한 날개를 뽐내고 꿀의 단맛에 취했을 것이며, 세속적인 거짓과 허무를 모르고 살았을 겁니다. 내 이 불구의 몸은 나를 겸손하게 했고 겉보다 속을 그리워하게 했지요. 모든 것과 더불어 살고 싶었습니다. 그러나 결국 나는 물(物)과 더불어 살게 되었고 그리움 슬픔 기쁨까지 그 나뭇결에 위탁한 셈이지요. 그러고 보면 내 시간이 그리 허술했다 할 수 없고 허허헛헛. 내 자랑이 지나쳤습니까?"

이런 자랑은 아무리 해도 흠이 되지 않는다. 그는 겸손의 철학을 자랑하고 있기 때문이다. 불구로 인한 본의 아닌 겸손, 그것은 '세속적인 거짓과 허무에 대한 앎'으로, '겉보다 속을 그리워함'으로, 그리고 '그리움 슬픔 기쁨의 물(物)에 대한, 즉 나뭇결에 대한 의탁'으로 이어진다. 그리고 그것이 '허술하지 않게 시간을 보냄'으로 이어진다. 제대로 세월을 보낸 것이다. 이런 건 얼마든지 자랑해도 좋다. 그는 '꽃을 찾아다니는 나비 같은 삶', '화려한 날개를 뽐냄', '꿀의 단맛에 취함', 그런 삶을 살지 못했고 그것을 오히려 다행히 여기고 있다. 그런 삶이 곧 바로 악은 아닐지라도 적어도 타인에 대한 어떤 선은 못 될 것이다. 그런 것을 위해 악을 용인하는 혹은 악을 무릅쓰는 삶도 얼마든지 있다. 악인은 악을 악인 줄도 모르고 자행한다. 오만은 그 단짝이다. 타인의 존재는 안중에서 멀어지고 이윽고 사라진다. 거기에 오직 '나'만이, 나의 욕망만이, 나의 이익만이 남게 된다. 그것이 얼마나 추한 줄을 악인들은 잘 모른다. 저 조준구도 그랬을 것이다. 그런 조준구들이 지금도 우리 사회에는 넘쳐난다. 이른바 '갑질'도 다 그런 자들이 자행하는 것이다. 그들이 박경리의 《토지》를 제대로 읽는다면 어쩌면 좀 달라질지도 모르겠다. 모든 오만한 갑들에게 최소한 저 불구 조병수의 마지막 구절만이라도 읽히고 싶은 요즈음이다.

김광규 〈나〉

신분

미국에 있는 마퀴스(Marquise)라는 출판사에서 《후즈 후
(Who's Who)》라는 세계인명사전을 내는 모양인데 해마다
각 분야별로 전 세계 상위 3퍼센트의 인물들을 선정해 여기
에 수록한다고 한다. 세계 3대 인명사전 중의 하나라고도
하는데 그런 데에 별 관심이 없어 잘 모르고 있었다. 그런데
이 회사에서 느닷없이 나를 선정해 수록했다고 메일을 보내
왔다. 'congratulations!'로 시작하는 그 메일이 황송하기 그
지없었지만 뭔가 몸에 맞지 않는 옷을 걸친 느낌으로 마음 한
구석이 영 석연치 않았다. 나중에 알고 보니 초창기와는 달리
요즘은 이것이 상업화되어 그 선정 자체에 문제도 있는 모양
이다.

아무튼 이 사건(?)은 내게 'who(누구)'라는 것을 생각해보
는 계기를 제공했다. 내가 도대체 누구라는 말인가? 어떤 사
람이란 말인가? 전 세계 상위 3퍼센트? 그런 사기성 농후한

규정이 정말 나란 말인가? 진짜 나는 무엇으로 가늠할 수 있는 걸까?

'나는 누구인가?' 이건 사실 보통 문제가 아니다. 철학의 한 핵심 중의 핵심이기 때문이다. 나와 개인적인 안면이 좀 있는 시인 류시화도 어느 글에선가 "'나란 누구인가'라는 물음에서 달아나지 말라"라고 쓴 적이 있었다. 한때 세계적인 베스트셀러였던 유스테인 고르더의 철학소설 《소피의 세계》도 "넌 누구니?"라는 뜬금없는 질문이 적힌 편지 한 통으로 긴 철학 이야기가 펼쳐진다. 아닌 게 아니라 나도 이게 철학의 한 핵심이라는 생각이어서 《인생의 구조》라는 내 나름의 인생론에서 이 주제를 다루기도 했다. 거기서 나는 인생의 주체인 우리 인간은 태어나면서부터 죽을 때까지 무수히 많은 '누구누구'로서 살아갈 수밖에 없으며 그 '누구누구'라는 것이 인생에 실질적인 내용을 부여한다고 강조했다. 그것을 나는 '신분적 존재'라고 표현하기도 했다. 봉건적 신분인 양반-상놈, 사농공상, 그런 것뿐만 아니라 선천적 신분, 후천적 신분 가릴 것 없이, 애당초 나를 수식하는 모든 이름들이 실은 다 신분인 것이다. 남자 여자, 한국인 미국인, 학생 교수, 생산자 소비자, 사용자 노동자, 의사 환자, 심지어 갑을…, 한도 끝도 없다. 그 모든 게 다 신분인 것이다. (드라마에 단골로 등장하는 이른바 '재벌 3세'도 그런 것이다.)

그런데 이런 강의를 하던 어느 날 우연히, 아주 우연히 읽

고 있던 시집에서 이런 시를 발견하게 되었다. 김광규 시인의
〈나〉라는 시였다.

살펴보면 나는
나의 아버지의 아들이고
나의 아들의 아버지고
나의 형의 동생이고
나의 동생의 형이고
나의 아내의 남편이고
나의 누이의 오빠고
나의 아저씨의 조카고
나의 조카의 아저씨고
나의 선생의 제자고
나의 제자의 선생이고
나의 나라의 납세자고
나의 마을의 예비군이고
나의 친구의 친구고
나의 적의 적이고
나의 의사의 환자고
나의 단골 술집의 손님이고
나의 개의 주인이고
나의 집의 가장이다

그렇다면 나는

아들이고

아버지고

동생이고

형이고

남편이고

오빠고

조카고

아저씨고

제자고

선생이고

납세자고

예비군이고

친구고

적이고

환자고

손님이고

주인이고

가장이지

오직 하나뿐인

나는 아니다

과연

아무도 모르고 있는

나는

무엇인가

그리고

지금 여기 있는

나는

누구인가

나는 좀 경악했다. 나의 철학과 완전히 일치하는 시였기 때문이다. 그걸 계기로 그분의 시집을 모조리 사서 읽었다. 아주 아주 마음에 들었다. 현존하는 시인 중 생활시 분야에서는 단연 최고봉이라는 느낌이었다. 내가 잘 몰라서 그렇지 문단에서도 평가받는 존재인 것 같고 독일 등 해외에서는 국내보다 더 유명한 분인 것 같았다. 그래서 수년 전 학장을 하고 있을 때 일부러 그분을 '인문최고아카데미'에 모셔 특강을 듣기도 했다. 인품도 느껴지는 따뜻한 분이었다. 함께 오신 사모님도 참 분위기가 좋으셨다. 그분은 '시인'이라는 신분에 너무나 잘 어울리는 삶을 살고 계셨다. 참 시인 '답다'고 느꼈다. 모든 신분들의 그런 '다움'이 이 세상을 충실하게 아름답게 만든다고 나는 믿어 마지않는다. 시인은 시인답게 존재의 빛을 언어로 포착하고, 시인답게 '사무사(思無邪: 순수한 것을 생각)'하고, 학자는 학자답게 연구하고 글을 쓰고, 학생은 학생답게 열심히 배우고 공부하고, 정치인은 정치인답게 국민과 국가의 이익을 고민하고, 관료는 관료답게 정책에 부심하고, 부모는 부모답게 자식을 사랑하고, 자식은 자식답게 부모에게 효도하고…. 이미 눈치 챘을 것이다. 이게 실은 저 위대한 공자의 '정명(正名)철학'(이름을 바로잡는 것: 君君臣臣父父子子)에 다름 아닌 것이다. 각자가 그때그때 자기 자리에서 자기의 이름값을 제대로 하는 것, 그것이 이 엉망진창 개판인 세상을 다시금 사람판으로 되돌려놓는 거의 유일한 핵심 방책인 것이다. 그리고 이게 바로 저 플라톤이 《국가론》에서 펼친 정치철학이기도 했다. 지배자는 지배자의 덕을, 수호자는 수호자의 덕을, 생산자는 생산자의 덕을 각자 제대로 실천할 때 국가의 덕인 정의가 비로소 실현될 수 있다는 것이다.

'나의 정체'는 그런 무수한 이름 속에 있다. 그 모든 이름들이 다 모여 비로소 '나'인 것이다. 나는 책을 낼 때마다 이른바 저자 소개에 '…졸업', '…박사', '…교수', '…장' 그런 것들을 쓰게 되는데, 그런 게 물론 내 지나온 삶의 궤적이기는 하지만 그게 과연 나의 몇 퍼센트일까 하는 생각을 늘 하게 된다. 빙산의 일각이다. 그 빙산의 수면하에는 공적으로 드러나지 않는 무한의 규정들이 마치 무의식처럼 잠재해 있기도 하다. 선진과 통일과 정의를 간절히 바라는 사람, 한국의 모든 것이 최소한 중국과 일본보다 고급이기를 바라는 사람…, 그런 것뿐만도 아니다. 자전거와 탁구를 좋아하는 남자, 드라마를 좋아하는 남자, 꽃을 좋아하는 남자, 아카시아 향기를 좋아하는 남자…, 이크, 이런 건 혹시 흉이 되려나? 얼른 덮어야겠다.

누군들 다를 바 있으랴. 자기의 신분, 자기의 정체는 사실 자기도 잘 모른다. 그건 '사람들'의 평판이라는 객관적 거울을 통해서만 제 모습을 살짝 비춰준다. 정치인들은 선거라는, 유권자의 표심이라는 거울을 통해 자기의 모습을 비로소 알 수 있다. 보통은 그걸 전혀 모르는 이가 참으로 많은 것 같다. 자기가 얼마나 욕심쟁이인지, 얼마나 무능한지, 얼마나 이기적인지…. 그런 분들에게 저 김광규의 시를 한번 읽어보라고 권하고 싶다. 그리고 당신은 그중 몇 개의 이름에 충실한지를 한번 물어보고 싶다. '당신은 누구신지?', '당신은 어떤 사람이신지?' 나는 철학자의 자격으로 묻는다. 그리고 스스로에게도 물어봐야 한다. '나는 누구인가?' 철학은, 적어도 인간의 철학은 거기서 시작이다.

김성균 〈괜찮아요〉

위로와 격려

어쩌면 다들 알고 있는데 나만 모르고 있었던 건지도 모르 겠다.

집 안에서 딸이 노래를 흥얼거리고 있는데 너무 괜찮다 싶어 뭔지 물어보았더니 동요라고 한다. 제목이 〈괜찮아요〉라는데 그것도 아주 괜찮다. 교과서에도 실려 있는 유명한 노래라는데 처음 들어본다. 우리 때는 없던 노래다. 가사를 소개한다.

바람 불어도 괜찮아요 괜찮아요 괜찮아요
쌩쌩 불어도 괜찮아요 난난난 나는 괜찮아요
털 오버 때문도 아니죠 털장갑 때문도 아니죠
씩씩하니깐 괜찮아요 난난난 나는 괜찮아요

호호 추워도 괜찮아요 괜찮아요 괜찮아요
꽁꽁 얼어도 괜찮아요 난난난 나는 괜찮아요

털모자 때문도 아니죠 털구두 때문도 아니죠
용감하니까 괜찮아요 난난난 나는 괜찮아요

눈이 몰아쳐 괜찮아요 괜찮아요 괜찮아요
펑펑 쏟아져 괜찮아요 난난난 나는 괜찮아요
목도리 때문도 아니죠 보안경 때문도 아니죠
튼튼하니까 괜찮아요 난난난 나는 괜찮아요

인터넷을 열심히 뒤져보았더니 김성균이라는 분이 작사 작
곡한 노래였다. 이분은 정보가 그다지 노출되지 않아 한참을
헤집고 다녔는데 KBS 합창단 지휘자를 역임하는 등 그 인적
사항이 만만치 않았다. 수상 경력도 엄청 많고 저서도 엄청 많
고 무엇보다도 그가 작사 작곡한 동요들이 또 엄청 많다.
(http://www.kimsungkyunmusic.co.kr/ 참고)

나는 이 노래의 존재가 너무너무 반가웠다. 그리고 이런 분
의 존재가 너무너무 고마웠다. 내가 지향하는, '이 사회 한구
석의 질적 향상'에 확실하게 기여하는 것이기 때문이다. 이런
좋은 것들이 모이고 모여 우리 사회가 진정한 선진국으로 나
아가는 추동력을 구성한다. 나는 물론 소녀시대나 방탄소년
단의 노래에도 감탄할 줄 아는 열린 사람이지만 어린아이에게
는 역시 수준 있는 동요가, 동요다운 동요가 필요하다고 믿어
마지않는다. 김성균의 〈괜찮아요〉는 정말이지 동요로서 흠잡

을 게 없다. 우선 그 곡조가 경쾌하고 밝다. 리듬감이 있어 한두 살짜리 어린이집 원생들도 충분히 따라 부를 수 있다. 그리고 그 가사가 아주 긍정적이다. 이 노래는 아이들에게 '괜찮다'는 주문을 건다. 쌩쌩 부는 바람도 꽁꽁 어는 추위도 펑펑 쏟아지는 눈도 다 괜찮다고 말해준다. 씩씩하고 용감하고 튼튼하라고 격려한다. 이런 게 아이들에게 필요한 진정한 가치관인 것이다. 이런 노래를 들으며 부르며 자라난 아이들은 이윽고 어른이 되어 그 바람과 추위와 눈보라를 온몸으로, 온 인생으로 경험하게 될 것이다. 자신의 삶에서도 그리고 국가 사회에서도 바람 같은 추위 같은 눈보라 같은 시련은 항상 있는 법이니까. 그 한복판에서 어른이 된 아이들은 문득 어린 시절의 이 동요를 떠올릴 것이다. 그리고 '괜찮아요, 괜찮아요' 하며 다시 용기를 내게 될 것이다. 이 얼마나 멋진 일인가!

　우리는 〈섬집 아기〉, 〈은하수〉, 〈꽃밭에서〉 등등 무수한 아름다운 동요들을 가지고 있다. 거기에 〈괜찮아요〉 같은 아주 괜찮은 동요가 추가되었다. 이 노래는 아마도 한국 동요의 역사에 확고히 기록될 것이다. 세상은 어수선하기 짝이 없지만 그 한구석에서는 김성균 같은 보석 같은 인물들이 보석 같은 작품들을 꾸준히 생산하고 있다. 이런 것을 자꾸 전면에 드러내자. 그리고 박수와 갈채를 아끼지 말자. 이런 것이 있는 한 한국의 미래는 어둡지 않다. 오늘도 뉴스에 비친 세상은 엉망이지만 그래도 나는 용기를 내어본다. '괜찮아요, 괜찮아요.'

김훈 《밥벌이의 지겨움》

돈 혹은 밥

작가 김훈은 좀 찬란하다. 기자에서 작가로 성공적인 전환을 이룬 것도 그렇고, 《칼의 노래》, 《남한산성》 등 베스트셀러를 잇달아 써낸 것도, 심지어 영화화되기까지 했다는 것도 그렇고, TV 카메라 앞에서 자전거를 타며 유럽의 거리들을 누비는 것도 그렇고, 그리고 무엇보다 감칠맛 나는 현란한 문장을 구사하는 당대 최고의 문장가에 속한다는 것도 그렇다. 바로 그 점 때문에 거부감을 느끼는 독자도 있긴 하지만, 누구도 그 문장력 자체를 부인하지는 않는다. 그리고 그의 간결하고 단호한 문장에는 거침이 없다. 그는 눈치를 보지 않는다. 어쩌면 기자 출신이기 때문일까. 그가 즐겨 쓰는 표현을 동원하자면, 그는 '끝끝내' 자기가 하고 싶은 말을 한다. '기어이' 하고야 만다. 이래저래 그는 좀 찬란하다.

나는 그에 대해 좀 특별한 관심이 있다. 그것은 예전 학장을 하고 있을 때 내가 운영하던 인문최고아카데미에 그를 초청해 바로 코앞에서 직접 그의 육성을 들은 적이 있고 또 사적인 대화를 나누며 함께 '밥'을 먹은 적이 있다는 인연 때문이기도 하다.

솔직히 그날의 강연과 대화가 그의 글만큼 재미있지는 않았다. 그는 잘 웃지 않는 좀 무뚝뚝한 사내였고, 말도 좀 어눌한 느낌이었다. 하지만 그런들 어떠랴. 그의 말에는 어떤 절박한 내용이 담겨 있었다. 그날도 그는 그의 한 핵심 개념인 '밥'을 이야기했다. 6·25 피난길이 그 배경이었으니 절박하지 않을 도리가 없다. 나는 그에게 강연료를 지불했고 그는 밥값을 했다.

아닌 게 아니라 '밥'은, 그리고 그 밥을 위한 '돈'은, (따라서 밥벌이—돈벌이는) 무릇 사람과 삶의 피해갈 수 없는 주제가 된다. 그 점에 대해 김훈은 단호하다.

"아들아, 사내의 삶은 쉽지 않다. 돈과 밥의 두려움을 마땅히 알라. 돈과 밥 앞에서 어리광을 부리지 말고 주접을 떨지 말라. 사내의 삶이란, 어처구니없게도 간단한 것이다. 어려운 말 하지 않겠다. […] 사내의 한 생애가 무엇인고 하니, 일언이폐지해서, 돈을 벌어오는 것이다. […] 우리는 마땅히 돈의 소중함을 알고 돈을 사랑하고 존중해야 한다. 돈을 사랑하고 돈이 무엇인지를 아는 자들만이 마침내 삶의 아름다움을 알고 삶을 긍정할 수가 있다. 주머니 속에 돈을 지니려면 어떻게 해야 하는가? 그 대답은 자명한

바 있다. 돈을 벌어야 한다. 우리는 기어코 돈을 벌어야 하는 것이다. 노동의 고난으로 돈을 버는 사내들은 돈을 사랑할 수 있게 된다. 돈은 지엄(至嚴)한 것이다."(《너는 어느 쪽이냐고 묻는 말들에 대하여》, 〈돈과 밥으로 더불어 삶은 정당해야 한다〉 중에서)

누가 이 엄정한 삶의 진실을 부인할 수 있겠는가. 돈과 밥은 고난의 세월을 맨주먹으로 헤쳐온 우리 선대들의 철학이기도 했다. 아니 운명이었다. 그분들은 인생을 통째로 걸고 돈과 밥을 벌어야 했다. 오죽하면 '밥 먹었나?', '많이 먹어라'가 인사가 되었을까.

하여, 밥 앞에서의 김훈은 결연해 보이기까지 한다.

"전기밥통 속에서 밥이 익어가는 그 평화롭고 비린 향기에 나는 한평생 목이 메었다. 이 비애가 가족들을 한 울타리 안으로 불러 모으고 사람들을 거리로 내몰아 밥을 벌게 한다. 밥에는 대책이 없다. 한두 끼 먹어서 되는 일이 아니라, 죽는 날까지 때가 되면 반드시 먹어야 한다. 이것이 밥이다. 이것이 진저리나는 밥이라는 것이다."(《밥벌이의 지겨움》 중에서)

돈과 밥은 일단 다른 모든 것에 우선한다. 도덕도 문화도 그 다음이다. "돈은 인의예지의 기초다. 물적 토대가 무너지면 그 위에 세워놓은 것들이 대부분 무너진다. 그런 허망한 아름다움은 인간의 삶을 풍요롭게 할 수 없다"는 그의 말도 그 점을 말하고 있다. "유항산자유항심, 무항산자무항심(有恒産者有恒心, 無恒産者無恒心)"이라는 저 유명한 맹자의 말도 같은 뜻이다. "토대가 상부구조를 규정한다"는 마르크스의 명제도 같은 뜻이다. 박해영의 드라마 〈나의 아저씨〉에서 여주 이지안이 한 "잘사는 사람들은 좋은 사람 되기 쉬워"라는 말도 비슷한 맥락이다.

그러나 돈과 밥이 (그리고 오늘날 그 '밥'의 연장에 있는 아파트, 차, 명품, 골프, 해외여행 등등이) 다일 수는 없고, 마지막일 수는 없다. 그 점은 김훈도 통찰하고 있다.

"무슨 헛소리를 하려고 이 글을 시작했는지 모르겠다. 밥벌이는 밑도 끝도 없다. 그러니 이 글에는 결론이 없어도 좋을 것이다. 나는 근로를 신성하다고 우겨대면서 자꾸만 사람들을 열심히 일하라고 몰아대는 이 근로감독관들의 세계를 증오한다. 나는 이른바 3D 업종으로부터 스스로 도망쳐서 자신의 존엄을 지키는 인간들의 저 현명한 자기방어를 사랑한다. […]

그러므로 이 세상의 근로감독관들아, 제발 인간을 향해서 열심히 일하라고 조져대지 말아 달라. 제발 이제는 좀 쉬라고 말해 달라. 이미 곤죽이 되도록 열심히 했다. 나는 밥벌이를 지겨워하는 모든 사람들의 친구가 되고 싶다. 친구들아, 밥벌이에는 아무 대책이 없다. 그러나 우리들의 목표는 끝끝내 밥벌이가 아니다. 이

걸 잊지 말고 또다시 각자 핸드폰을 차고 거리로 나가서 꾸역꾸역 밥을 벌자. 무슨 도리 있겠는가. 아무 도리 없다."(《밥벌이의 지겨움》 중에서)

그렇다. 우리의 목표는 끝끝내 밥벌이가 아니지만, 우리는 거리로 나가서 꾸역꾸역 밥을 벌 수밖에 없다. 아무 도리 없다. 그러나 굳이 김훈이 가르쳐주지 않더라도 누가 그걸 모르겠는가. 그런데 알면서도 벌지 못하는 저 정리해고자들은, 저 청년 실업자들은 어쩔 것인가. 해도 해도 안 되기에 벌기를 아예 포기해버린, 그리고 그 때문에 연애와 결혼과 출산까지도 포기해버린 저들은 어쩔 것인가. 저들을 생각하면 "제발 인간을 향해서 열심히 일하라고 조져대지 말아 달라. 제발 이제는 좀 쉬라고 말해 달라. 이미 곤죽이 되도록 열심히 했다"는 말조차도 먹을 만큼 먹어 배부른 자의 투정으로 오해받을 수 있다. 밥을, 돈을 벌지 못하는 것은 저 무직자들의 무책임이 아니다. 세상의 책임인 것이다. 그래서 우리의 철학은 김훈의 페이지에 머물 수 없다. 그 다음 장을 넘기지 않으면 안 된다. 거기엔 이를테면 '모두의 밥'이라든지, '떳떳한 밥'이라든지, '밥 나누기' 같은 그런 제목이 붙어 있을지도 모르겠다. 우리 시대의 이 어두운 밤하늘에는 김훈이라는 별만 떠 있는 것은 아니다. 어쩌면 이 하늘은 당신이라는 별을 기다리고 있는지도 모른다. 진정한 밥, 정의로운 밥으로의 길을 비춰주는 그 반짝이는 빛을.

이건우 〈있을 때 잘해〉

아까운 사람

"있을 때 잘해!"

드라마 같은 데서 흔히 듣는 대사다. 2006년에는 이걸 아예 제목으로 내세운 아침 드라마가 인기를 끈 적도 있다. 우스개처럼 들리지만 이 말에도 실은 깊은 철학적 진실이 담겨 있다.

'있다'와 '없다'(존재와 무)는, 사실 서양철학의 초창기부터 현대철학에 이르기까지(파르메니데스와 아리스토텔레스에서 하이데거와 사르트르에 이르기까지) 철학의 최고 주제로 탐구된 것인데, 이걸 제대로 아는 사람은 의외로 많지 않다. 그 무궁무진한 논의 중의 한 토막을 생각해본다.

있다는 것과 없다는 것 사이에는 엄청난 격절이 가로놓여 있다. 좀 과장하자면 그것은 히말라야의 크레바스보다도 더 엄정한 것이다. 긴 논의도 필요 없다. 생명이(맥박이, 호흡이) 있다와 없다를 생각해보면 곧바로 납득이 된다. 그뿐만이 아니다. 요즘 같으면 돈이 있다와 없다, 직장이 있다와 없다가 어쩌면 더 실감 나는 사례가 될지도 모르겠다. 또 이런 것도 좋은 예시가 될 것이다. 힘이 있다 없다, 명성이 있다 없다, 시간이 있다 없다, 사랑이 있다 없다, 관심이 있다 없다, 건강하다 아니다(서양철학에서는 '이다'와 '아니다'도 '있다'와 '없다'에 포함된다), 볼 수 있다 없다, 들을 수 있다 없다, 걸을 수 있다 없다, 말할 수 있다 없다, 영어를 할 수 있다 없다, 한자를 읽을 수 있다 없다, 컴퓨터와 스마트폰을 다룰 수 있다 없다, 골프를 칠 수 있다 없다, 피아노를 칠 수 있다 없다…, 그야말로 한도 끝도 없다. 이런 것들이 얼마나 우리 인생에서 결정적으로 중요한지는 굳이 두말할 필요조차도 없을 것이다. 내가 철학적 방법론으로 강조하는 이른바 '결여 가정'을 적용해보면 그 엄청난 의미가 즉시로 부각돼온다. '만일 …이 없다면, …이 아니라면' 그 결과를 동요 없이 받아들일 수 있는 사람은 없을 것이다.

그중에서도 '사람'의 있고 없음은 아마도 문제 중의 문제일 것이 틀림없다. 거창한 인류의 존망이 아니더라도 그렇다. 어떤 누군가가 있느냐 없느냐는 그 사람 본인뿐만 아니라 주변 사람들, 그리고 그 조직 내지 사회 전체에 있어서, 특히 그 질을 결정함에 있어서, 결정적으로 중요한 요인이 된다. 링컨이 없는 미국, 셰익스피어가 없는 영국, 르누아르가 없는 프랑스, 베토벤이 없는 독일, 그리고 덩샤오핑이 없는 중국, 세종이 없는 한국…. 뭐, 더 이상의 예가 필요할까? 애당초 인물이 (특히 인재가) 없음도 마찬가지다. '사람'의 있고 없음은 그토록 중요한 것이다.

그런데 보통은 그 사람의 소중함을 (좋음을, 고마움을) 사람들은 잘 모른다. 없어지고 난 다음에 아쉬워한들 소용이 없다. 부모의 존재도 그런 것이고, 자식의 존재도 그런 것이다. 위인의 존재도 그런 것이고 친구의 존재도 그런 것이다. 동료와 선후배도 역시 그렇다.

직장에서 오랜 세월 고락을 같이했던 동료, 선배들이 하나둘 정년으로 곁을 떠나고 있다. 개중에는 그 빈자리가 너무나 크게 느껴지는 분들도 없지 않다. 당연한 듯 곁에 있었던 그분들의 학식과 인품은 하루아침에 거저 주어진 것이 아니었다. 그것이 하루아침에 없어지는 것이다. 그것을 그만큼의 크기로 다시 채우기는 정말이지 쉬운 일이 아니다. 그보다 더 훌륭한 후배가 들어오는 경우가 있더라도 그건 이미 종류가 다른 것이다. 당연하게 곁에 있을 때 그때 좀 더 잘해드리지 못한 아쉬움이 진하게 남는다.

뉴스에 보면 이른바 황혼이혼 같은 것도 적지가 않은가 보다. 한평생 참다 참다 더 이상 못 견디고 막판에 떠나고 마는 것일 게다. 개중에는 바람이나 주정이나 심지어 폭언, 폭력으로 선량한 배우자를 괴롭힌 사례들도 있을 것이다. 떠나고 난 뒤에 아쉬워한들 소용이 없다. 그게 아닌 사별의 경우도 마찬가지다.

그래서 저 한마디가 실은 철학적 진리가 되는 것이다.

"있을 때 잘해!"

2001년에 인기를 끈 대중가요 하나를 소개한다. 제목은 〈있을 때 잘해〉다.

있을 때 잘해 후회하지 말고
(반복)
있을 때 잘해 흔들리지 말고
(반복)
가까이 있을 때 붙잡지 그랬어
있을 때 잘해 그러니까 잘해
(반복)
이번이 마지막 마지막 기회야
이제는 마음에 그 문을 열어줘
아무도 모르게 보고파질 때
그럴 때마다 너를 찾는 거야
바라보고 있잖아(있잖아)
사랑하고 있잖아(있잖아)
더 이상 내게 무얼 바라나
있을 때 잘해 있을 때 잘해
(작사 이건우, 박정혜, 작곡 박현진, 노래 오승근)

대중가요도 때로는 이렇게 삶의 진리를 반영하기도 한다. 있다가 없어지면 그걸로 끝이다. 후회해도 소용없다. 일단 무로 편입된 존재를 되돌리는 것은 원천적으로 불가능하다. 그게 존재와 무의 엄정한 법칙인 것이다. 그러니까 기억해두자. "있을 때 잘해!" 이건 철학이다.

(이런 사유의 연장선에서 우리는 근래에 철학적 주제로 부각된 환경문제 내지 생태문제를 이어나갈 수도 있다. 예컨대 한스 요나스 등이 강조하는 환경, 지구, 자연, 미래, 후손 등은 지금 심각하게 그 '존재'를 위협받고 있기 때문이다. "있을 때 잘해!"라는 주문은 이 모든 것에 대해서도 필요한 그리고 유효한 철학이다.)

천성일 〈더 패키지〉
인생의 방향

　이미 여러 차례 기회 있을 때마다 이야기한 것이지만 나는 우리가 사는 이 한국사회가 정말 '희한한' 곳이라는 생각을 지울 수 없다. 교통질서 무시부터 시작해 정치인, 경제인들의 온갖 비리에 이르기까지 구석구석 정말 문제투성이로 사회 전체가 엉망진창인데, 그런 한편으로 세계 어디에 내놓아도 뒤지지 않을 우수한 인재들이 곳곳에 포진해 있어 정말로 수준 높은 결과물들을 만들어내고 있다는 것이다. 그 양단이 이토록 극명하게 대조를 이루는 나라가 여기 말고 또 있는지 나는 별로 들어본 적이 없다.

　세계 정상에서 1, 2등을 겨루고 있는 삼성, 엘지, 현대 같은 기업들은 말할 것도 없고 드라마, 영화, 춤, 노래 같은 한류는 물론이고 양궁, 빙상, 태권도 같은 스포츠도 그렇고, 또 아주 널리 알려진 것은 아니지만 의료나 의료보험 같은 것도 거의 세계 최고 수준이라고 듣고 있다. 그런데도 이런 것들에 대한 칭찬과 격려보다는 비난이나 트집 잡기 같은 소리가 더 자주 들려온다. (총 맞은 귀순병을 기적처럼 살린 이국종 교수에 대한 트집 잡기도 그런 경우다.) 잘하는 것들에 대해서는 일단 칭찬부터 하자고, 그렇게 해서 조금이라도 밝고 맑은 공기를 이 사회에 퍼트리자고, 그렇게 나는 목소리를 높이고 싶다. "칭찬은 그것을 받는 사람뿐만 아니라 그것을 하는 사람도 함께 높여준다." 이런 '칭찬의 철학'을 사람들이 좀 알아줬으면 좋겠다. 그래서 하나 구체적인 칭찬을 좀 해보려 한다.

얼마 전 공중파 3사가 아닌 모 TV 채널에서 천성일 극본, 전창근, 김진원 연출의 〈더 패키지〉라는 드라마를 보았다. (참고로 나는 철학자 비트겐슈타인이 영화로 피로를 풀었던 것처럼 드라마로 학문의 피로를 푸는 편이다. 드라마는 집에서 파자마 바람으로 드러누워 편하게 볼 수 있다는 점에서 영화보다 장점이 많다.)

인터넷에 소개된 이 드라마의 내용은 대략 이렇다. (이하 인용)

1화. 떠나지 말걸 그랬어

여행 가이드 윤소소(이연희 분)는 단체 여행객을 맞이하기 위해 샤를 드골 공항으로 향한다. 다들 짝지어 온 패키지 일행 가운데 눈에 띄는 손님이 있었으니 그는 바로 용감하게 혼자 온 손님 산마루(정용화 분). 프랑스 도착과 동시에 요주의 인물로 등극하게 되는데…

2화. 만나지 말걸 그랬어

파리 한복판에서 어쩌다 변태 인증하게 된 산마루! 들어가 숨을
쥐구멍이라도 찾고 싶은 심정인데. 이 상황에서 같이 퐁네프 다리
에 가지 않겠냐고 물어오는 가이드 윤소소. 이건 그린라이트일
까…

3화. 울지 마, 거기 뱀 나와

파리를 벗어나 교외를 향하던 패키지 일행은 그제서야 마루가
없어졌다는 사실을 알게 되는데. 빈센트 반 고흐의 무덤이 있는
오베르를 지나 몽생미셸에 도착한 패키지 팀. 가이드 소소의 눈에
유독 우울해 보이던 복자에게서 이상 징후가 포착된다!

4화. 다 잘될 거야, 더 잘못하지 않으면

얼떨결에 가이드 소소와 일대일 야간 투어를 하게 된 마루는
또 한 번 야릇한 상상을 하게 되는데. 호기심이 발동한 마루는 급
기야 박물관에 전시돼 있던 정조대를 차봤다가 사건을 일으키고.
한편, 소소를 따라 파리에서 몽생미셸까지 따라온 수상한 추적자
의 정체가 드디어 밝혀진다! 그는 가출한 누나 소소를 잡으러 온
남동생 수수(윤박 분).

5화. 사랑이 가장 쉽다

7년째 연애 중인 경재(최우식 분)와 소란(하시은 분) 커플. 여행 내내 이어지던 사소한 다툼 끝에 소란은 이별을 선언하고, 이별의 이유를 알 수 없는 경재는 답답하기만 하다. 한편, 서울로 돌아오라는 회사 측 전화를 받은 마루. 프랑스의 마지막 밤을 소소와 함께 보내다 분위기에 휩쓸려 실수를 하고 마는데.

6화. 프랑스 영화처럼

아직도 소소와 수수의 관계를 의심하는 마루는 갑작스러운 수수의 등장에 속이 상한 채 통블렌 섬까지 가버리고. 통블렌 섬에 낙오된 마루를 찾으러 달려가는 소소! 때마침 밀려들어오는 물 때문에 둘은 섬에 갇히게 되는데! 한편, 연인 경재에게 이별을 선언한 소란의 속사정이 밝혀지는데…

7화. 사랑하는 데 걸리는 시간

사랑에 빠진 연인은 흔적을 남기는 법. 소소와 마루는 소란과 복자에게 같이 있던 모습을 들키고야 마는데. 한편, 얼떨결에 패키지 여행에 합류하게 된 수수. 아홉 명의 패키저들은 몽생미셸을 떠나 생말로로 향하는데…

8화. 이별하는 데 걸리는 시간

생말로를 떠나 옹플뢰르에 도착한 패키지 일행. 도착과 동시에

갑수(정규수 분), 복자(이지현 분) 부부가 호텔에서 쫓겨날 위기에 처하고 마루의 기지로 위기를 벗어나는데. 한편, 가까운 현지 친구들을 마루에게 소개하는 소소. 잘생긴 남자 두 명 사이에 낀 소소를 본 마루는 또 한 번 극단적인 상상을 하게 되는데…

9화. 어떤 남자, 어떤 여자

옹플뢰르 호텔방에서 똑같은 구두 한 짝을 발견한 이후로 사이가 부쩍 멀어진 소소와 마루는 어색하기 짝이 없다. 이를 알 리 없는 갑수는 중매를 서겠다며 앞장서는데. 한편, 여행 내내 어색했던 나현(박유나 분)과 연성(류승수 분)의 비밀이 드디어 밝혀진다! 이들은 원조교제가 아닌 부녀 사이였던 것.

10화. 잘 알지도 못하면서

영화 〈남과 여〉의 배경이 된 도빌 곳곳을 구경하는 패키지 일행. 연인 미정(오연아 분)의 선물 살 궁리를 하는 아빠 연성에게 나현은 재혼하지 말란 얘기까지 꺼내게 되는데. 심지어 도빌 바닷가에서 사라진다! 나현을 찾으러 도빌을 뛰어다니는 연성은 패닉에 빠지고.

11화. 바보처럼 살았군요

내일모레면 프랑스를 떠나야 하는 마루는 소소에게 한국에 같이 돌아가자는 답을 들으려 하는데. 막상 이별이 코앞으로 다가오니 아쉬움을 감출 길 없는 소소는 마루와 하룻밤 이별 여행을 떠난다. 한편, 갑수는 파리의 마지막 밤을 붙잡고 아내 복자에게 처음이자 마지막으로 진심을 고백하는데…

12화. 사랑해

눈물을 머금고 예비신부 미정에게 파혼하자는 말을 남기려는 연성. 전화를 받지 않은 그에게 메시지가 하나 도착하는데. 한편, 패키지 여행의 마지막 날이 밝고 다시 공항으로 향하는 패키지 일행. 손님들을 배웅한 소소는 깃발 놓고 자유롭게 여행을 떠나는데…

드라마 비평이라는 전문분야도 있다지만 그런 차원이 아니라도 이건 칭찬이 좀 필요하다고 느꼈다. 이 드라마는 아주 잘 만든, 아주 재미있는, 그리고 무엇보다 작품성이 있는, 훌륭한 드라마였다. 패키지 여행이라는 흔하디흔한 소재에 그 고객들 각각의 삶의 이야기, 가이드와 고객의 사랑, 아름다운 프랑스의 풍광 등을 아주 깔끔하게 잘 버무렸다. 이연희, 정용화라는 배우도 다시 보게 만들었다. 특별 출연 성동일은 말할 것도 없고 류승수, 오연아 등 조연들의 캐스팅도 흠잡을 데 없었고 그들은 훌륭한 연기로 그 캐스팅에 보답했다. 스토리 전개에서는 은근히 한국사회의 비리도 고발하는 사회성까지 겸비했다. 커플들의 아웅다웅을 통한 인생론적인 철학도 곳곳에 녹아들어 있었다. 극본 천성일, 연출 전창근, 두 사람 모두 상대적으로 낯선 이름이지만 나는 이들도 저 배우들 못지않은, 아니 이들이야말로 진정한 칭찬의 대상이 되어야 한다고 생각한다. 영광도 좀 나눠줘야 한다.

특히 몇몇 대사들은 우리에게 인생론적인 지혜를 제공하기도 한다.

"아무 이유 없이 울고 싶을 땐 여기를 찾았다. 실컷 울고 나면 깨닫는다. 세상에 이유 없는 눈물은 없다는 걸. 저 사람의 눈물은 뭘까?"

"감당할 만큼만 사랑하는 사람이 어딨어요?"

"여행 왔잖아요. 쉬는 것도 용기예요. 안 그러면 일도 망치고 여행도 망쳐요."

"독수리 오형제가 지구를 지키다, 지키다 과로사로 죽었다." [...] "독수리 오형제도 그걸 몰라 죽은 게 아니다."

"금지된 방향에 인생의 답이 있다. 난 그것을 찾을 수 있을까?" [...] "인생은 속도가 아니라 방향. 하지만 선택을 고민할 시간은 늘 너무 짧았다."

이런 건 거의 철학이다. 특히 마지막 말 "인생은 속도가 아니라 방향"은 "좁은 문으로 들어가기를 힘쓰라"는 저 예수의 말을 연상시키기도 한다. 뭔가 방향을 잘못 잡은 듯한 21세기의 현실을 감안하면 이 말은 참으로 많은 생각을 하게 한다. 방향은 그 화살표 저쪽이 어디냐에 따라 인생을, 그리고 역사를 완전히 다른 것으로 만들어버린다. 우리의 인생은, 그리고 우리의 나라는 지금 '어디로' 그 방향을 잡고 있는가. ('산업화'도 '민주화'도 '세계화'도 '정보화'도 다 한때 우리의 방향이었지만, 이젠 그 모든 것이 다 화살표의 뒤쪽에 있다. 이 총체적 가치상실-가치붕괴의 시대, 우리가 나아가야 할 새로운 방향은 대체 어느 쪽일까?) 크나큰 주제가 아닐 수 없다.

말도 안 되는 막장으로 도배질된 싸구려 드라마들이 황금시간대를 장악한 현실을 감안하면 이런 작품성 있는 드라마가 고작 2.4퍼센트의 시청률을 기록했다는 것은 우리를 좀 슬프게 만든다. 시청자들의 각성을 촉구하고 싶다. 단언컨대 이 드라마는 천만 관객을 동원한 저 할리우드의 블록버스터 영화보다도 더 수준 높은 것이다. 훌륭한 작품을 봐주지 않으면 그런 것이 설 자리를 잃게 된다. 악화가 양화를 구축한다는 경제의 원리는 문화의 세계에도 그대로 적용된다.

나는 이 드라마의 작가, 연출가, 출연자, 방송사, 그 어느 것과도 인연이 없다. 오직 한 사람의 시청자로서, 그리고 철학자로서 아낌없는 칭찬의 박수를 보내는 바이다.

박해영 〈나의 아저씨〉

편안함에 이르렀나

2018년 3, 4, 5월의 한 풍경에 드라마 한 편이 있었다. 박해영 극본, 김원석 연출, 이선균, 이지은 등이 출연한 〈나의 아저씨〉다. 내가 보기에는 대단한 수작이었다. (훌륭한 작가가 김은숙만은 아니었다.) 시청자와 언론의 평도 아주 좋았다. 나는 이런 작품들을 만날 때마다 한국이 자랑스러워질 뿐 아니라 그것들이 내 삶의 시간을 그만큼이나마 차지해준 데 대해 크나큰 고마움을 느끼곤 한다. 마음속에 남는 잔영이 있기 때문이다. 그것은 뉴스 시청이나 SNS 등 기타 쓰잘 데 없는 것으로 허비된 시간들과 극명한 대조를 이룬다.

언론에 소개된 대로 이 드라마는 각자의 삶의 무게를 지고서 살아가는 40대 회사원 박동훈과 그 밑에서 일하게 된 20대 파견직 여사원 이지안이 사건으로 얽히면서 그 과정에서 서로를 통해 (그리고 그 주변 인물들을 통해) 삶의 상처를 치유해가는 일종의 고품격 휴먼 드라마다.

사람마다 받아들이는 것은 천차만별로 다르겠지만, 나는 개인적으로 이 드라마의 마지막 장면에 등장하는 대사, "지안 (至安), 편안함에 이르렀나?" "… 네"라는 것이 대단히 인상적이었다. 이런 류의 대사는 그 자체로 하나의 철학이라고 나는 평가한다. '편안함' 그것이 곧 인생의 궁극적 가치에 속하는 것이기 때문이다. 사람들은 뜻밖에 이 가치의 소중함을 잘 모른다. 철학에서조차도 (공자 등 일부를 제외하고는) 특별히 강조되지 않는다.

그러나 나는 단언하건대, 편안함이라는 이 가치는 철학의 역사에서 거들먹거리는 저 '진선미' 못지않은, 아니 인생론적 관점에서는 그런 것들보다 훨씬 더 큰 의미를 갖는 중요한 가치라고 아니 할 수 없다. 그 가치는 육체적인 것이건 정신적인 것이건 우리를 힘들게 하는 것들을, 즉 불편함 내지 괴로움을 우리가 나 자신의 일로 겪게 될 때, 아무런 설명도 필요 없이 곧바로 인정하지 않을 수 없게 된다. 세상에 몸 편하고 마음 편한 것보다 더 좋은 게 어디 있겠는가. 세상 그 어떤 출세도 부귀영화도, 돈도 지위도 명성도, 심신의 편안함이 없다면 그 의미의 거의 대부분을 상실하게 된다.

철학의 역사에 등장하는 저 유명한 에피쿠로스와 제논과 퓌론의 철학도, (이른바 아파테이아, 아타락시아, 아포니아도) 실은 이 편안함의 지향에 다름 아니었다. 진정한 평안의 저해 요인인 욕망들을 통제하라는 것이었으니까. 그리고 그보다 더 유명한 저 불교도 실은 같은 유형의 철학에 다름 아니었다. 고(苦: dukha)의 원인인 욕망을 제거하여 고가 사라진 경지, 해탈-열반-니르바나, 즉 궁극의 평안에 이르자는 철학이니까. 우리가 만일 집에서, 사회에서, 세상에서 진정한 편안함에 이른다면 굳이 머리를 깎고 출가할 필요조차도 없는 것이다.

물론 그 불편함, 괴로움, 힘듦의 원인을 제거하는 것은 누구에게나 지난의 과제일 수밖에 없다. 세상에는 그 원인의 제공자가 너무나도 많기 때문이다. 극 중의 도준영, 윤상태 같은 자가 그것을 상징한다. 그리고 극 중의 겸덕(윤상원)이 상징하듯이 가장 크고도 강력한 훼방꾼은 어쩌면 자기 자신의 마음일지도 모른다. 이래저래 우리의 심신은 편안할 날이 없다.

해서 누구는 술을 찾고 누구는 책을 찾고 누구는 친구를 찾고 누구는 종교를 찾기도 한다. 그러나 대부분의 보통 인간들이 기대할 수 있는 구원의 손길은 결국 '사람'이다. 사람다운 사람의 따뜻한 마음 한 조각, 말 한마디다. 그것을 저 드라마의 박동훈은 (그리고 그의 삼형제와 후계동 사람들은) 너무나도 멋지게 그려 보여줬다. 그것이 저 굳어버린 이지안의 마음을 녹이고 얼굴에 웃음을 되돌려준 것이다.

"그러게 누가 나한테 네 번 이상 잘해주래? 그러니까 당하고 살지…" 이지안은 냉소적으로 그렇게 비아냥거렸지만, 결국은 그 '잘해줌'이, '네 번 이상 잘해줌'이 답이었음을 저 드라마는 드라마틱하게 말해주고 있는 것이다. (이 '네 번 이상'

은 사실 저 성서에서 예수가 말한 "일곱 번씩 일흔 번이라도…"와 통하는 것이다.) 나는 철학자의 자격으로 이 시대 이 사회의 모든 동류들에게 한번 물어본다. "그대들, 편안함에 이르렀는가?" 나의 귀에는 "아니요, 아직…"이라는 대답만 들리는 것 같다. 누군가에게 네 번 이상 잘해줄 수 있는 박동훈 같은 그런 사람들을 키워야 할 이유가 거기에 있다. 그것이 2018년을 사는 우리들의 삶의 과제다. 아니 모든 인류의 영원한 과제다.

Ⅱ 중국편

왕발 〈송두소부지임촉주(送杜少府之任蜀州)〉
지기

"A선생님하고 친구시라고요? 잘 아신다 그러던데."

"아니, 그 친구를 어떻게 아세요? 그 친구는 저하고 40년 지깁니다."

동료 한 분이 사석에서 나의 옛 친구 A를 만났다며 소식을 전했다. 반갑게 그를 화제로 좀 수다를 떨었다.

그 친구는 정말로 40년이 넘는 지기(知己)다. 나는 그가 나의 친구라는 사실이 자랑스럽고 그가 내 삶의 행복에 기여했음을 기쁘게 인정한다. 그는 내 인생의 재산이다. 무엇보다 그는 나를 '알아주고' 나를 '좋아해준다'. 그래서 '지기'다.

30여 년 전 유학을 떠나면서, 기쁨과 설렘 가운데서도 그와 헤어지는 것은 못내 서운했는데, 그때 저 당나라 시인 왕발(王勃)의 시를 작별인사 삼아 건네줬다. (고등학생 때 나는 한문을 처음 배우며 한시에 한동안 심취했었다.)

〈送杜少府之任蜀州(송두소부지임촉주)〉

城闕輔三秦(성궐보삼진)

風煙望五津(풍연망오진)

與君離別意(여군이별의)

同是宦遊人(동시환유인)

海內存知己(해내존지기)

天涯若比隣(천애약비린)

無爲在岐路(무위재기로)

兒女共沾巾(아녀공첨건)

〈촉주로 부임해 가는 두소부를 보내며〉

삼진이 둘러싸고 있는 장안 성궐에서
바람과 안개 아득한 오진을 바라본다
그대와 이별하는 이 마음 각별함은
나 또한 벼슬살이로 떠돌기 때문일 터
세상에 자기를 알아주는 친구만 있다면
하늘 끝에 있어도 이웃과 같으리니
헤어지는 갈림길에서
아녀자같이 눈물로 수건을 적시진 마세

아련한 추억으로 이 시를 다시 떠올려본다. 사실 명시로 알려진 것 치고는 좀 평범한 내용인데 나는 이 중에서도 "海內存知己 天涯若比隣(해내존지기 천애약비린)" 부분을 가장 좋아한다. 이 구절엔 철학이 스며 있다. 세상에 진정한 친구가 있다면 아무리 멀리 떨어져 있어도 거리감을 느끼지 않는다는 말이다. 소위 "Out of sight, out of mind(눈에서 멀어지면 마음에서도 멀어진다)"는 이 경우에 적용되지 않는다. 그건 아마 저 무수한 남북 이산가족들과 기러기 아빠들이 곧바로 확인해줄 것이다. 이런 친구관계는 "우리가 남이가" 하는 저 장동건과 유오성의 친구관계와는 차원이 다른 것이다.

이런 친구관계를 저 중국인들이 언제부터 '지기'라 부르기 시작했는지는 나도 문헌학자가 아니라 잘 모르겠지만, 적어도 당나라 시대 이전부터임은 분명해 보인다. 물론 이 말 자체는 저 공자의 《논어》에도 나온다. (子曰 "不患人之不己知, 患不知人也."[01:16] 子曰 "不患無位, 患所以立. 不患莫己知, 求爲可知也."[04:14] 子曰 "不患人之不己知, 患其不能也."[14:30] 子曰 "君子病無能焉, 不病人之不己知也."[15:19]) 표현이 '지기'가 아니라 '기지(己知)'로 뒤집혀 있긴 하다. 뜻도 친구라는 것과는 무관하다. 이 말들은 오히려 저 탈레스, 킬론, 소크라테스의 "너 자신을 알라(gnothi seauton)"에 더 가깝다. 하지만 내용상 아주 무관한 것은 아니다. '사람을 안다', '남을 안다', '알아준다'는 것이 핵심이기 때문이다. 친구라는 것도 결국은 '나(己)'라고 하는 '남(人)'을 아는, 알아주는 존재이기 때문에, 공자가 말하는 이 덕과 무관하지 않은 것이다. 나에 대해서 이런 알아줌의 덕을 갖춘 누군가가 나의 '지기' 즉 친구인 것이다. 친구는 다른 사람이 몰라주는 나의 존재, 나의 가치를 알아주는 존재다. 세상은, 세상 사람들은 보통 혹은 대개 자기만 알지 남은 알지 못한다. 남에 대해서는 아예 관심도 없다. 그래서 세상은 냉엄하고 냉혹한 것이다. 그런데 친구는 나를 알아준다. 그러니 얼마나 반갑고 고마운 노릇인가. 그래서 친구는 이 험한 세상에서 오아시스가 되고 작은 구원이 되는 것이다. 고대의 저 피타고라스와 에피쿠로스가, 그리고 근세의 몽테뉴가 우정을 하나의 철학적 지표로서 강조한 것도 그만한 이유가 있는 것이다. 친구란 이 혼탁한 세상에서의 산소 같은 존재다. 친구와의 교분에서 우리는 숨통이 트인다. 그것은 삶의 축복이다. 그래서 저 공자도 "有朋自遠方來 不亦樂乎(벗이 있어 먼 데서 찾아오니 또한 즐겁지 않은가)"라고 말했던 것이다.

그런 즐거움을 우리는 과연 향유하고 있는가. 우리 시대는 지금 우리에게 '지기'를 허용하고 있는가. 권하고 있는가. 그것을 가치로 치기나 하는가. 눈을 들어 세상을 둘러보면 온통 이익을 위한 '패거리'만 보일 뿐 아름다운 우정을 나누는 '지기'들은 눈에 잘 띄지를 않는다. '관포지교', '문경지교', '지란지교' 같은 말도 거의 사어가 되어버렸다. 임지로 떠나는 친구에게 "아녀자처럼 울지는 마세"라며 시 한 수 적어주는 지기는 과연 몇 명이나 될까?

"요즘 학생들은 친구끼리 강의 노트 빌려주는 데도 돈이 오간답니다." 동료교수 한 분이 기가 찬다며 고개를 절레절레 흔들었다. 그런 그들에게 이 '지기'의 철학을 반드시 알려줘야겠다. 삶은 지기 즉 진정한 친구와의 우정의 농도만큼, 그만큼 더 아름다워지는 법이라는 것도.

이백 〈노노정(勞勞亭)〉

상심

　여러 해 전, 학생들과 어울려 학교 앞 '이태백이 놀던 달'이
라는 주점에 갔다가 그 한쪽 벽에 누군가 이런 시구를 적어놓
은 걸 보고 술김에 탄복한 일이 있었다. 이백(李白)의 〈노노정
(勞勞亭)〉이었다.

　天下傷心處(천하상심처)
　勞勞送客亭(노노송객정)
　春風知別苦(춘풍지별고)
　不遣柳條靑(불견류조청)

　천하는 마음을 상하게 하는 곳
　노노정은 나그네를 보내는 정자
　춘풍은 이별의 괴로움을 알고
　버들가지에 푸른 빛 보내지 않네

고등학교 때 한문을 처음 배우며 한시에 푹 빠져 어설픈 자작시를 짓기도 하고 《당시(唐詩) 100선》의 일부를 줄줄 외우기도 했는데 그때는 아직 이 시를 몰랐다. 하기야 알고 있었더라도 그 참맛을 알고 공감하기에는 아직 지나온 인생이 짧았고 겪어본 세상이 좁았다. 그런데 어느새 환갑 진갑 다 지나고 친했던 선배들의 퇴임을 혹은 은사들의 별세를 줄줄이 지켜보면서 아픈 가슴에 문득 이 시가 다시 떠올랐다. 천하 즉 이 세상 자체가 곧 객을 보내는 노노정인 것이고 거기서 상심은 필연적으로 부수되는 것이다.

"천하상심처" 세상은 마음을 상하게 하는 곳. 그렇다! 적어도 이 시구를 읊을 때 이백은 철학자였다. 천하 즉 이 세상에 영문도 모르고 태어나 영문도 모르고 인생이라는 것을 살면서 별의별 사람들을 만나고 별의별 일들을 겪으면서 우리네 인간은 마음을 다치고 상처투성이가 되어간다. 누구든 자기 마음을 열어보면 거기 무수히 많은 상처들이 무표정하게 또는 과묵하게 눈을 감고 있거나 혹은 찌푸린 표정으로 신음소리를 내거나 혹은 시도 때도 없이 도지면서 아직도 피를 흘리고 있거나 하는 걸 확인할 수 있을 것이다.

이백은 어느 이른 봄날 노노정에 올라 어느 벗과 이별을 한 모양이다. 이별의 고통, 이건 피할 수 없는 삶의 진실이다. '회자정리(會者定離: 만난 사람은 반드시 헤어진다)'라는 말도 이 진실을 알려준다. 그 이별에 고통이, 상심이 동반되는 것이다. 상심이라는 것은 삶의 그림자와도 같다. 삶이라는 것 자체가 마음의 삶이기 때문이다. 인간이라는 것의 정체가 바로 마음이기 때문이다. 그래서 마음은 살면서 상처를 입기 마련이다. 반드시 악의적인 어떤 타인이 고의로 상처를 주지 않더라도 우리는 상심을 피할 수 없다. 그건 누구보다도 저 석가모니 부처가 잘 알고 있다. 그가 말한 2고, 3고, 4고, 8고가 다 그것을 알려준다. 내고 외고, 고고 괴고 행고, 생로병사, 애별리고 원증회고 구부득고 오온성고, 이 고통들이 다 삶의 내용이 아니고 무엇인가. 이백은 그중 애별리고의 작은 한 토막을 읊고 있을 뿐이다.

그런데 이백 같은 시인이라면야 '아, 이별의 고통에 참 마음이 상하는구나. 그래서 봄바람이 부는데도 아직 버드나무에 푸른빛이 돌지 않는구나.' 하고 멋진 시 한 수를 읊으면 그걸로 족하겠지만, 그런 시 한 수조차 읊조리지 못하는 현실의 우리는 '그렇구나. 삶이란 게, 세상이란 게 본래 그런 거구나.' 하고 고개만 끄덕일 수도 없는 노릇이다. 왜냐하면 상심은 우리 자신의 삶의 아픈 현실이기 때문이다.

그래서 우리에게는 이 상심에 대한 대응이 과제가 된다. 마음이 상하지 않으려면 (혹은 상하지 않게 하려면) 어떻게 해야 하고 또 일단 상한 마음은 어떻게 해야 하는가 하는 그런 대응. 바로 그 지점에서 철학이 명함을 내민다. 철학적으로 우리가 할 수 있는 일, 해야 하는 일이 있기 때문이다. 적어도 두

가지는 확실히 있다. 하나는 자신이, 고의든 고의가 아니든, 누군가에게 상처를 주지 않는 것이다. 윤리적 인간, 정의로운 인간이 되는 것이다. 거창하게 들리지만 이건 예컨대 이른바 갑질만 하지 않아도, 아니 그 이전에 말만 함부로 내뱉지 않아도 상처의 가능성은 엄청나게 줄어든다. 또 하나는 다친 마음을 돌보면서 상처를 다스리는 일이다. 나의 마음이든 다른 누군가의 마음이든. 이 또한 거창하게 들리지만 이것도 예컨대 위로와 사랑을 담은 말 몇 마디만으로도 크나큰 효험이 있다. (고마워, 미안해, 사랑해, 잘 잤어? 잘 자! 맛있게 먹어, 괜찮아, 아무것도 아냐, 다 잘될 거야, 다 알아… 같은 말들.) 따뜻한 말은 상처에 대해 약이 되고 반창고가 된다. 그런 점에서 윤리는 곧 의학적 철학이기도 하다.

그런데 사람들은 이런 것을 의외로 잘 모른다. 상심이라는 것 자체에 대한 시선이 애당초 결여돼 있다. 그래서 상심은 지금도 세상에, 천지에 넘치고 그래서 여전히 '천하상심처'는 엄연한 진리가 된다. 그러니 우리는 그 아픈 마음의 인식에서부터 첫발을 떼기로 하자. 그리고 저 두 갈래의 길을 어느 쪽이든 한번 걸어가보자. 이윽고 '천하상심처(天下傷心處)'가 아닌 '천하상심처(天下爽心處: 천하는 마음이 상쾌한 곳)'가 되기를 바라며.

백거이 〈대주(對酒)〉
다툴 건가 웃을 건가

엄청난 일들도 세월이 흘러 다 지나간 후에는 대부분 별것 아닌 것이 되고 만다. 개인의 경우도 국가의 경우도 마찬가지다. 다툼이나 싸움은 특히 그렇다. 그렇다면 우리가 삶의 과정에서 죽기 살기로 맞서 이익을 다투며 혹은 잘잘못을 따지며 싸워 다치거나 상처를 받거나 심지어 죽거나 하는 것이 도대체 무슨 의미가 있는 걸까?

지나온 삶을 돌이켜보면 나도 그런 일들이 하나둘이 아니다. 초등학교 때 A, 중학교 때 B, 고등학교 때 C, 대학교 때 D, 유학 시절 E, 취직한 후 F… 다투었던 그들의 얼굴이 60 넘은 지금도 생생히 떠오른다. 나처럼 온건한 사람도 열 손가락이 모자란다. 그때 '그'와 꼭 그렇게 싸워야만 했던 걸까?

물론 그때그때의 상황을 생각해보면 도저히 싸우지 않을 수 없는, 꼭 싸워야만 하는 사정이 없지는 않다. (예를 들면 저 로마군, 몽골군, 독일군, 일본군의 부당한 침략에 맞서 싸우는 것, 그리고 독재, 부패 등 무수한 사회적—역사적 불의에 맞서 싸우는 것.) 양보와 체념은 곧 패배로, 패배는 곧 손해로, 손해는 곧 불행이나 불의로 연결되기도 한다. 그 다툼에 그저 '나'만이 아닌, 가족, 회사, 국가, 종교, 그런 게 걸려 있다면 싸움은 신성한 의무가 되기도 한다. 그리고 그런 싸움은 만사와 역사의 동력이 되기도 한다. 어쩌면 그래서 저 헤라클레이토스는 "싸움은 만물의 왕"이라 했고 저 마르크스는 모순의 해결책이 "투쟁"이라 했을 것이다. 싸움은 인간사의 숨은 원리요 법칙인 것이다.

그러나 그렇다고 '아, 그렇군요' 하고 고개를 끄덕이거나 주먹을 불끈 쥐거나 할 수만은 없다. 어쩔 수 없는 싸움조차도 그 승리의 기쁨과 패배의 아픔 중 어느 쪽이 더 큰지를 사람이라면 가늠해보아야 한다. 패배한 상대의 아픔이 승리한 나의 기쁨보다 더 크다면 우리는 그 기쁨을 재고해보지 않으면 안 된다(예컨대 조선을 멸망시킨 일본의 침략). 그런 고려를 철학에서는 정의라 부르기도 하고 도덕이라 부르기도 한다. 삶의 모든 경우에 적용될 수는 없겠지만 이게 가능한 경우 내지 필요한 경우는 분명히 있다.

대개의 경우 다툼, 싸움이란 것은 누군가의 욕심에서부터 시작된다. '더 많이', '더 크게', '더 높이'… 거기에 '나만, 우리만', '나 먼저, 우리 먼저'가 결합될 때 싸움은 불가피해진다. 그 대신 이른바 '지족', '이것만 해도 어디야', '별것 아니

야라는 생각이 철학이 되면 싸움의 적어도 상당 부분은 회피될 수 있다. 거기서 행복이나 평화의 작은 영토가 확보되는 것이다. 바로 그런 정신적 공간에 저 백거이(白居易)가 있다. 그의 시 〈대주(對酒)〉가 그걸 알려준다.

蝸牛角上爭何事(와우각상쟁하사)
石火光中寄此身(석화광중기차신)
隨富隨貧且歡樂(수부수빈차환락)
不開口笑是痴人(불개구소시치인)

달팽이 뿔 위에서 무엇을 다투는가
부싯돌 불꽃처럼 짧은 인생이거늘
있으면 있는 대로 없으면 없는 대로 어찌 즐겁지 아니한가
크게 웃지 않는 그대가 바로 바보일세

이 시는 저 장자의 철학을 염두에 두고 있다. 《장자(莊子)》의 〈칙양(則陽)〉 편에 보면 달팽이 왼쪽 뿔에 사는 촉씨(觸氏)와 오른쪽 뿔에 사는 만씨(蠻氏) 두 부족이 영토 다툼을 벌이다가 큰 희생을 치렀다는 우화가 나온다. 좁은 세상에서 하찮은 다툼을 벌이는 것을 비유하는 '와각지쟁(蝸角之爭)'이라는 고사성어도 여기서 유래되었다. 백거이는 세상의 다툼을 와각지쟁에 비유하고 짧은 인생을 한순간에 번쩍 나타났다 사라

지는 전광석화에 비유하면서 부자는 부유한 대로 가난한 자는 가난한 대로 자신이 처한 환경에서 삶의 기쁨과 즐거움을 찾아보라고 권하는 것이다. 찾아보면 없지는 않다. 가난과 부족이 웃음을 포기해야 할 필연적 조건은 아닌 것이다. (물론 이 것이 가난에 주저앉으라는 말은 아니다. 사정이나 상황에 상관없이 환락과 웃음은 가능하고 필요하다는 말이다.)

이러나저러나 어차피 우리네 삶은 잠깐 동안 반짝하는 부싯돌 빛이다. 있어도 없어도, 높아도 낮아도, 이겨도 져도, 가져도 놓쳐도, 어차피 다 지나간다. 그럴진댄 웃고 넘기는 것이 상책일 수도 있는 것이다.

서로 핵단추 운운하던 북한과 미국이 언제 그랬냐는 듯 손을 맞잡고 웃으며 '엄지 척'까지 하는 걸 보고 문득 백거이의 이 시가 떠올랐다. 그래, 일단은 입 벌려 웃자. 그러지 못하면 바보라지 않는가, 저 백거이가.

소식 〈수조가두(水調歌頭)〉

아름다운 이 세상

몇 년 전 아직 젊었을 때, 몇몇 친구들과 어울려 중국에 갔다가 호북성(湖北省) 황주(黃州)에서 하룻밤을 보낸 적이 있다. 사내들의 여행이니 '한잔'이 빠질 수 없다. 때마침 만월에 바람도 선선했다. 황주라면 저 당송 8대가의 한 사람인 소식(蘇軾: 蘇東坡)이 유배생활을 하면서 이른바 '동파육'을 만든 곳이다. 먹어보지 않을 도리가 없다. 백주에 아주 잘 어울리는 최고의 안주였다. 다들 거나하게 취했을 때 한문 도사인 C교수가 달을 향해 술잔을 높이 들고 저 소식의 〈수조가두(水調歌頭)〉를 멋진 중국어로 읊었다. 4성 때문인지 내겐 구성진 한 자락 노래로 들렸다.

明月幾時有(명월기시유)

把酒問靑天(파주문청천)

不知天上宮闕(부지천상궁궐)

今夕是何年(금석시하년)

我欲乘風歸去(아욕승풍귀거)

又恐瓊樓玉宇(우공경루옥우)

高處不勝寒(고처불승한)

起舞弄淸影(기무롱청영)

何似在人間(하사재인간)

轉朱閣低綺戶(전주각저기호)

照無眠(조무면)

不應有恨(불응유한)

何事長向別時圓(하사장향별시원)

人有悲歡離合(인유비환이합)

月有陰晴圓缺(월유음청원결)

此事古難全(차사고난전)

但願人長久(단원인장구)

千里共嬋娟(천리공선연)

술잔 잡고 청천에 물어본다

천상궁궐(월궁) 알 수 없고

오늘밤은 어느 해인가

나는 바람을 타고 돌아가고자 하는데

또한 경루옥우(선경)가

높은 곳이라 추위를 이기지 못할까 두렵네

일어나 춤추며 맑은 그림자 즐기나

어찌 인간 세상에 있는 것과 같으랴

붉은 누각 빙 돌며 고운 집 내려다보니

달빛에 잠을 이룰 수 없네

한이 있을 까닭 없는데

무슨 일로 오래도록 이별 때에 둥근가

인간에겐 슬픔과 기쁨, 헤어짐과 만남이 있고

달은 어둡고 맑음, 둥글고 이지러짐이 있으니

이런 일 예부터 온전하기 어려워라

다만 바라건대 인생이 장구하고

천리가 이 아름다움 함께하기를

박수가 쏟아졌다. 음식을 서빙하던 현지의 아가씨도 함박웃음을 지으며 '엄지 척'을 하고 박수를 보탰다. 그 미모가 월궁항아를 연상케 했다. 어쩌면 저 소식의 시와 취기 때문이었을 것이다. 전문적인 것은 잘 모르지만 이 시의 앞부분이 아무래도 저《회남자(淮南子)》에 나오는 달나라 선녀 항아(姮娥 혹은 嫦娥)의 마음을 차용한 느낌이었다. 아름답다면 아름답고 슬프다면 슬픈 중국의 전래신화 '항아분월(姮娥奔月)'.

아득한 옛날 요임금 때, 하늘에 열 개의 태양이 나타나 강과 바다가 마르고 풀과 나무가 메말랐으며 각종 괴수들이 나타나 사람을 잡아먹었다. 이 열 개의 태양은 본래 삼족오(三足烏: 다리가 세 개 달린 신조[神鳥])로 천제(天帝)의 아들이었다. 천제는 하계(下界) 중생들이 도탄에 빠진 것을 보고 후예(后羿)를 세상에 내려보냈다. 예가 활로 아홉 개의 태양을 쏘아 떨어뜨리고 또 사람을 잡아먹는 각종 괴수들을 죽이자 대지는 다시 생기를 되찾고 백성들도 평안을 되찾았다. 천제는 원래 예를 보내 자신의 아들들에게 교훈을 주려던 것인데 예는 열 명의 아들 중 아홉 명을 쏘아 죽였으니 천제는 화가 났다. 이에 예의 선적(仙籍)을 박탈하고, 아내 항아(嫦娥)와 함께 인간세상으로 쫓아냈다. 예의 아내 항아는 세속에서 살면서도 늘 천상의 생활을 그리워했다. 예 또한 모든 인간의 운명인 죽음을 피하고 사랑하는 아내와 천상으로 돌아가고 싶었다. 마침내 예는 천신만고 끝에 서왕모(西王母)를 찾아가 선약(仙藥)을 구해왔다. 서왕모는 예에게 약을 주면서 두 사람이 나눠 먹으면 불로장생할 수 있고 한 사람이 혼자 먹으면 하늘을 날아올라 신선이 될 수 있다고 알려주었다. 항아는 남편 몰래 혼자 선약을 먹고는 월궁(月宮)으로 날아갔다. 하지만 그곳에서 줄곧 고독하게 살아야 했다. 두꺼비가 되었다고도 하고 혹은 토끼가 되었다고도 한다. 예는 속세에 홀로 남았다. 혹은 항아가 후회하고 다시 인간계로 돌아와 예와 평온한 여생을 함께했다고도 한다.

대충 그런 이야기다. 그러니 저 동파의 시는 절반은 동파가, 절반은 항아가 부르는 노래인 것이다. 달나라가 아무리 예쁘기로서니 어디 이 인간세상만이야 하겠느냐고 저들은 노래하는 것이다. "어찌 인간세계에 있는 것과 같으랴(何似在人間)."

이 말은 하나의 철학이다. '인간세상에 있음', 이 절대적 사실에 대한 시선, 이건 실은 저 서양철학의 파르메니데스가 말한 '존재의 진리'와 무관하지 않다. 유일절대적인 '이 세상'의 존재를, 거기서의 삶을, 동파는 항아와 더불어 보고 있는 것이다. 저 달에서. 그리고 그것을 동경하고 평가하고 긍정하고 있는 것이다. 그래서 이 시는 실은 저 라이프니츠의 최선주의(optimism: 이 세계가 있을 수 있는 모든 것 중에서 최선이라는 것 —《단자론》)와도 통하는 것이다. 더욱이 이 인간세상에는 술이 있고 달이 있고 그 고움(嬋娟)이 있다. 요컨대 '좋음'이 있는 것이다. 그러니 어찌 이것을 오래오래 살며 즐기자는, 모두가 다 함께 즐기자는, 그런 염원이 생기지 않을 수 있겠는가. 동파는 항아와 더불어 정직한 것이다. 그 가치를 있는 그대로 직시하고 있는 것이다.

그런데 의외로 사람들은 그 가치를 잘 모른다. 이 '인간세상'에 대한 시선이, 자각이 아예 없다. 그것이 아름다운 줄도, 유한한 줄도 잘 모른다. 그래서 허구한 날 눈앞의 이익만을 좇으며 부심하면서 아까운 세월을 아까운 줄도 모르고 흘러보내는 것이다. 그렇게 늙어간다.

누구든 사느라 정신없이 분주하겠지만 가끔씩은 눈을 들어 하늘을 보자. 달을 보자. 보면서 달나라 선녀 항아를 생각해보자. 그녀의 외로움과 후회와 이곳 인간세상에 대한 동경을 생각해보자. 그리고 우리가 누리고 있는 이곳에서의 삶의 소중함을, 그 가치를 곱씹어보자. 천제에게 감사하면서. 비록 우리가 전직 신선인 예는 아닐지라도.

조설근《홍루몽》
삶의 비극성

강변의 저 싱싱했던 나뭇잎들도 잠시 고왔던 단풍을 뒤로한 채 어느새 낙엽이 되어 분분히 떨어진다. 옷깃을 여미게 하는 찬바람이 가슴속에도 불어 어깨를 움츠리게 만든다. 날씨가 흐린 탓인지 모든 것이 좀 스산하게 느껴진다. 어쩌면 좀 가을을 타는 건지도 모르겠다.

나는 개인적으로 적지 않은 책들을 읽고 그리고 써왔는데, 그 과정에서 참으로 적지 않은 여러 '진리들'을 만나보았다. 하나같이 다 보석 같은 언어들이었다. 그런데 이건 좀 이상하다고 해야 할까, 당연하다고 해야 할까? 그 많고 많은 좋은 말 중에 요즘 가장 내 가슴에 와닿는 말은 저 쇼펜하우어가 남긴 말, "만족은 소극적이고 고통은 적극적이다. 이 말은 잡아먹는 자의 만족과 잡아먹히는 자의 고통을 비교해보면 곧바로 드러난다"는 것이다. 나도 젊어서는 이런 쇼펜하우어의 페시미즘이 뭔가 꺼림칙하고 썩 달갑지 않았다. 하지만 나이가 들고 세상과 삶에 대한 경험이 축적될수록 그의 이 말이 뭔가 거부할 수 없는 진실성을 띠고 가슴에 다가오는 것이다.

쇼펜하우어의 대치점에는 라이프니츠가 있다. 그는 우리가 살고 있는 이 세계가 '있을 수 있는 모든 것 중에 최선의 것'이라고 하는 옵티미즘의 소지자였다. 나도 한때는 그 열렬한 지지자요 포교자였다. 하지만 이젠 아무래도 그 지지를 철회해야 할 것 같다. 살아보니 '진실'이 아니었기 때문이다. 무엇보다도 그 세계의 중심에 있는 우리 인간, 그 인간의 삶이라는 것이 결코 최선일 수가 없기 때문이다.

나는 한 철학자의 자격으로 단언하건대 인간의 실상은 '호모 트라기쿠스(homo tragicus)', 즉 '비극적 인간'이다. 우리 인간의 삶은 그 근본구조에서부터 이미 피할 수 없는 비극성을 지니고 있다. 즉 모든 인간의 삶은 눈물과 눈물 사이에 위치한다. 모든 인간은 울음으로 인생을 시작해 슬픈 눈물 속에서 인생을 마감한다. (다만 죽음의 경우는 그 눈물이 현세화되지 않고 잠세화된 경우가 있을 수 있다는 특징이 있다. 어떤 경우에도 눈물 없는 죽음은 없다.) 현생의 온갖 영화를 다 누린 인간도 결국은 한줌 흙으로 돌아간다.

조설근(曹雪芹)이 쓴 중국 고전 《홍루몽(紅樓夢)》에 나오는 저 도인의 노래 '호료가(好了歌)'는 압권이다. 고명딸을 유괴로 잃고 집마저 불타 처갓집 신세를 지며 인생사의 허망함을 온 삶으로 느낀 선비 진사은(甄士隱)을 출가로 이끈 노래지만,

실은 주인공 가보옥(賈寶玉)과도 무관할 수 없다. 대갓집 영국부의 귀한 아들로 태어나 금지옥엽으로 자라고 할머니를 비롯한 온 집안 여인들의 사랑을 듬뿍 받으며 성장하지만, 가장 사랑하는 임대옥(林黛玉)이 병으로 죽자 그 또한 허망함을 절감하고 이윽고 진사은이 그랬던 것처럼 중과 도사를 따라 출가한다. 아내가 된 설보채(薛寶釵)와 유복자를 남겨둔 채. 그 비극적 배경에 너무나 잘 어울리는 노래다.

世人都曉神仙好, 惟有功名忘不了(세인도효신선호, 유유공명망불료)
古今將相在何方, 荒冢一堆草沒了(고금장상재하방, 황총일퇴초몰료)
世人都曉神仙好, 只有金銀忘不了(세인도효신선호, 지유금은망불료)
終朝只恨聚無多, 及到多時眼閉了(종조지한취무다, 급도다시안폐료)
世人都曉神仙好, 只有嬌妻忘不了(세인도효신선호, 지유교처망불료)
君生日日說恩情, 君死又隨人去了(군생일일설은정, 군사우수인거료)
世人都曉神仙好, 只有兒孫忘不了(세인도효신선호, 지유아손망불료)
癡心父母古來多, 孝順子孫誰見了(치심부모고래다, 효순자손수견료)

사람이 모두 신선이 좋은 줄 알면서도
오직 공명 두 글자를 잊지 못한다
그러나 영웅재상이 지금 어떤고
모두 다 무너진 무덤의 풀 밑에 있다

사람이 모두 신선이 좋은 줄 알면서도
단지 금은보화를 잊지 못한다
어둡도록 바둥대며 돈을 벌어서
요행히 부자 되어도 흙에 묻힌다

사람이 모두 신선이 좋은 줄 알면서도
단지 아내의 정에 끌려 되지 못한다
남편이 살았을 땐 하늘처럼 섬겨도
세상 먼저 떠나면 팔자 고친다

사람이 모두 신선이 좋은 줄 알면서도
오직 자녀의 정에 끌려 되지 못한다
자식사랑으로 눈먼 부모는 저리 많아도
효도하는 자손을 어느 누가 보았나

그뿐만 아니다. 우리의 원수 토요토미 히데요시(豊臣秀吉)
가 마지막 남긴 노래도 그런 무상을 너무나 잘 표현하고 있다.

"이슬로 나서 이슬로 사라지는 이 내 몸이여. 오사카의 영화도
꿈속의 또 꿈"

(露と落ち 露と消えにし 我が身かな 浪速のことは 夢のま
た夢)

바닥에서 올라가 최정상의 영화를 누린 그의 말이다. 삶의 진실이 이러할진대 '최선'이란 참 가당치도 않은 착각이요 무책임한 발언이라고 아니 할 수 없다.

더욱이 그 출생과 죽음 사이에 가로놓인 우리의 삶이라는 것은 또 어떤가. 그 엄청난 힘겨움에 대해 나는 '불쌍한 인간'이라는 말 외에 할 말이 없다. 총체적으로 보았을 때 그 누구도 이 사실을 부인할 수 없다. 남녀노소, 빈부귀천 가릴 것 없이 인간은 누구나 다 불쌍하다. 육체적인 고충은 기본. 우리는 불투명한 미래 앞에서 한평생 걱정하며 불안해 하고 엄청난 현실의 중압과 경쟁에 짓눌리면서 온갖 고초를 겪고 많은 경우에는 과거의 어두운 그림자와 트라우마들이 지겹도록 끈덕지게 우리를 붙들고 늘어진다. 물론 그 고뇌와 고통의 근원은 욕망과 집착이다. 그건 진리다. 그래서 나는 "마음밭에 욕망의 씨앗이 싹을 틔우면, 그 즉시로 고뇌의 그림자도 함께 자란다"고 설파하기도 했다. 하지만 그 욕망이라는 것도 실은 애당초 우리 인간에게 '심어진' 원리인 것이지, 우리가 달라고 부탁한 건 아니다. 그 전적인 책임을 인간에게 돌리는 것도 우리 불쌍한 인간의 입장에서 보면 부당하며 억울하기가 짝이 없다.

온갖 고초를 다 겪게 하는 그 원인자가 신인지 마귀인지 자연인지 지적 한계가 뻔한 우리는 솔직히 알 길도 없다. 그냥 알지도 못한 채 우리는 그 모든 짐들을 고스란히 덮어쓸 수밖에 없는 것이다. 물론 살다 보면 행복과 기쁨도 적지는 않다. 하지만 저 쇼펜하우어가 지적했듯이, 그리고 저 불경에서 부처가 꿀에 비유했듯이 그 효과는 너무나 찰나적이다. 그것을 준 누군가가 순식간에 그것을 다시 거두어간다. 참으로 야박하다. 어떠한 행복도 너무나 쉽게 또 다른 불행으로 대체된다. 행복은 적고 불행은 많다. 행복은 작고 불행은 크다. 행복은 짧고 불행은 길다. 이 무슨 가혹한 형벌인가 싶은 생각이 들 정도다. 그래서 아마 저 기독교에서는 '원죄'라는 것을, 그리고 저 불교에서는 '업보'라는 것을 전제로 설명하고 있는지도 모르겠다. 삶은 그 자체가 이미 총체적으로 형벌인 것이다.

불교는 그 모든 고에서 벗어나라며 이른바 해탈의 길을 제시한다. 그들은 그것을 '자비' 내지 '대자대비'라고도 부른다. 기독교는 이른바 회개와 구원의 길을 제시한다. 그들은 그것을 '사랑'이라고 부른다. 고마운 이야기가 아닐 수 없다. 하지만 그 길들도 어디 걷기가 쉬운 길인가. 부처님이라는 석가모니도 부모와 처자까지 다 버려두고 출가를 했다. 하나님의 아들이라는 예수 그리스도는 잘 알다시피 십자가에 못 박혀 처참한 피를 흘렸다. 그런 훌륭하신 분들이 겪은 그런 모습을 우리는 (적어도 인간적인 관점에서는) 결코 해피엔드라 부를 수 없다. 생로병사가 우리 인간의 본질인 한 우리에게 해피엔드는 원천적으로 있을 수 없다.

그렇다고 우리가 삶을 포기한다면 그것은 더 비극이다. 우리가 할 수 있는 일은 오로지 하나, 어떻게든 그 고통의 가시덤불을 헤쳐나가며 비극을 한 장면이라도 줄여나가는 것뿐이다. 그렇게 해서 일상의 조그만 행복들을 개척하는 것이다. '막연하고 추상적인 구원을 꿈꾸기보다 구체적인 불행을 제거하고 조그만 행복들을 개척하라.' 칼 포퍼를 흉내 내자면 '단편적 인생공학(piecemeal life-engineering)'이다. 생각해보면 이것도 불쌍한 노릇이다. 그나마 사랑이라는 것이 삶의 과정에서는 '구원'이다. 사랑에 매달릴 수밖에 없는 인간의 모습도 불쌍하다. '모든 인간의 모든 삶은 다 불쌍하다.'

아무래도 가을을 타는 것이 확실한 것 같다.

루쉰 〈고향〉

희망, 새로운 삶, 그리고 길

학과 행사로 학생들 몇 십 명과 함께 내 고향 A시를 방문했다. 오랜만이었다. 묘한 감회가 가슴 한 자락을 스쳐갔다. 그러나 고향은 변해 있었다. 더 이상 내가 태어나 자라던 1950-60년대의 그곳이 아니었다. 차분하던 그곳은 어수선해져 있었고 순박했던 사람들의 표정은 어딘가 영악한 느낌을 주고 있었다. 낙동강변의 자연은 통째로 어디론가 떠나버렸다. 청춘 시절 그토록 좋아했던 헤르만 헤세의 소설 《청춘은 아름다워라》에 묘사된 주인공 헤르만의 귀향과는 너무도 다른 귀향이었다. 부모님도 장난꾸러기 동생 프리츠도 여동생 로테도 첫사랑 헬레네 쿠르츠도 여동생 친구 아나 암베르크도 그리고 숲 속의 산책도 불꽃놀이도 없었다. 나는 흔적만 남은 옛 고향에서 그저 묵묵히 행사를 소화했다.

착잡하고 쓸쓸한 가슴으로 돌아오면서 《아Q정전》으로 유명한 저 루쉰(魯迅)의 소설 〈고향(故鄉)〉이 떠올랐다. 《방황》

에 수록) 나는 이 소설을 비교적 늦게 1980년 유학 시절에 읽었다. 아주 우연히도 내가 살던 동네(도쿄 하쿠산)에 그도 한때 살았었다는 걸 알았기에 호기심이 생겨 읽어본 것이다. 짧았지만 흥미로웠다. 거기서 주인공 '나(迅)'는 20년 만에 제법 그럴듯한 모습으로 고향에 돌아온다. 그러나 금의환향이라기보다는 고향의 재산을 처분하고 노모와 어린 조카를 자기가 사는 도시로 데려가기 위한 목적이었다. 거기서 동네 양얼(楊二) 아줌마, 옛 친구 룬투(閏土)와의 재회, 그의 아들 쉐이성(水生)과 '나'의 조카 홍얼(宏儿)의 사귐 등이 스토리를 이끄는 재료가 된다. 그러나 분위기는 전반적으로 밝지 않다. 좀 칙칙하다. 피폐해진 고향, 그곳 사람들의 정체된, 방종한 삶, 더욱이 사람들과 격절된 자신의 고단한 타향살이, 그런 데서 '나'는 암울함을 느낀다. 그러나 바로 그런 배경에서 작가 루쉰은 근대의 개척자답게 '희망'을 이야기한다. 내가 이 소설에서 가장 좋아하는 부분이다.

"나는 희망한다. 그들은 더 이상 나처럼, 사람들끼리 격절되지 않기를…. 그러나 나는 또한, 그들이 한마음이 되려고 하다가 그 때문에 나처럼 괴롭고 떠도는 삶을 사는 것은 원하지 않고, 그들이 룬투처럼 괴롭고 마비된 삶을 사는 것도 원하지 않으며, 다른 사람들처럼 괴롭고 방종한 삶을 사는 것도 원하지 않는다. 그들은 마땅히 새로운 삶을 살아야 산다. 우리가 아직 살아보지 못한 삶을.

희망을 생각하자 나는 갑자기 무서워졌다. 룬투가 향로의 촛대를 달라고 했을 때 나는 그가 우상을 숭배하면서 한시도 그것을 잊지 못한다고 생각하고 몰래 그를 비웃었다. 지금 내가 말하는 희망이라는 것도 나 자신이 만들어낸 우상이 아닐까? 다만 그의 소망은 아주 가까운 것이고 나의 소망은 아득히 먼 것이라는 것뿐이다.

몽롱한 가운데, 나의 눈앞에 바닷가 초록빛 모래밭이 펼쳐졌다. 그 위의 쪽빛 하늘에는 황금빛 둥근 달이 걸려 있었다. 나는 생각했다. 희망은 본래 있다고 할 수도 없고, 없다고 할 수도 없다. 그것은 지상의 길과 같다. 사실은, 원래 지상에는 길이 없었는데, 걸어다니는 사람이 많아지자 길이 된 것이다."

(我希望他们不再像我, 又大家隔膜起来 … 然而我又不愿意他们因为要一气, 都如我的辛苦展转而生活, 也不愿意他们都如闰土的辛苦麻木而生活, 也不愿意都如别人的辛苦恣睢而生活. 他们应该有新的生活, 为我们所未经生活过的.

我想到希望, 忽然害怕起来了. 闰土要香炉和烛台的时候, 我还暗地里笑他, 以为他总是崇拜偶像, 什么时候都不忘却. 现在我所谓希望, 不也是我自己手制的偶像么? 只是他的愿望切近, 我的愿望茫远罢了.

我在朦胧中, 眼前展开一片海边碧绿的沙地来, 上面深蓝的天空中挂着一轮金黄的圆月. 我想: 希望本是无所谓有, 无所谓无的. 这正如地上的路: 其实地上本没有路, 走的人多了, 也便成了路.)

그의 희망은 '새로운 삶'이다. 격절되지 않은, 떠돌지 않는, 마비되지 않은, 방종하지 않은, 즉 괴롭지 않은 삶이다. 그는 그 희망이 혹 자신이 만들어낸 우상이 아닐까 두려워도 한다. 그러나 그는 그것을 내려놓지 않는다. 비록 아득히 먼 것일지라도, 그리고 눈앞에 길이 보이지 않을지라도 그는 아직 있지 않은 그 길을 스스로 걸으면서 만들어보고 싶다는 각오를 암암리에 피력하면서 이 소설을 마무리한다.

그의 '고향'은 사실 우리 모두의, 특히 '지금 여기'에 펼쳐진 버릴 수 없는 현실에 대한 하나의 상징일 수 있다. 그것은 저 하이데거가 말한 '고향(Heimat)' 즉 태초의 숭고한 존재 따위가 아니다. 그런 건 저 하늘 위 별의 세계고, 루쉰의 고향은 이 지상의 세계, 더구나 어둑어둑한 밤의 세계, 혹은 구름이 잔뜩 낀 흐린 세계다. 그렇게 이 소설을 읽고 있노라면 지금 이곳의 즉 21세기 한국이라는 우리의 '이' 고향이 자연스럽게 가슴을 파고든다. 좀 아프다. 우리의 현실이 그렇게 칙칙한 것이다. 좀 과장하자면 거칠기 짝이 없는 황무지와 같다. 거의 욕망의 원시림이다. 여기엔 아직 길이 보이지 않는다. 그러나 우리는 희망을 버릴 수 없다. 길을 만들어야 한다. 그리고 그 길을 지나 이 황무지의 '저편'으로 즉 '밝은 세상'으로 가야만 한다. 그곳이 아득한 먼 곳이더라도 우리는 그곳을 향해 출발하지 않으면 안 된다. 한 사람이 가고 또 한 사람이 가고 또 한 사람이 가고 하다 보면 언젠가 탄탄대로가, 하이웨이

가 만들어질 수도 있지 않겠는가. "원래 지상에는 길이 없었
는데, 걸어다니는 사람이 많아지자 길이 된 것이다." 그렇다.
거친 욕망으로 뒤엉켜 엉망진창인 우리 사회의 현실을 걱정하
면서 나도 저 먼 무지개를 향해 걷고 있다. 물론 이 거친 잡목
들을 헤쳐가는 나의 도구는 펜일 뿐이다. 그러나 아마 길동무
가 없지는 않을 것이다. 나는 그런 몇몇을 알고 있다. 우리 뒤
에도 또 누군가가 이 길을 걸을 것이다. 그리고 언젠가 우리는
저 무지개의 세계에 도달할 것이다. 희망을 놓지 말자. 우리의
지금 이 발걸음이 곧 그 길이다.

지셴 〈배〉
인생의 무게

　인생을 살다 보면 별의별 일들이 다 생기는 법이다. 꽃 피는 봄날도 있고 낙엽 지는 가을날도 있고, 땀 뻘뻘 흘리는 여름날도 있고 칼바람에 전신이 오그라드는 겨울날도 있다. 쾌청하여 콧노래가 절로 나오는 날이 있는가 하면 멀쩡하던 하늘에 느닷없이 먹구름이 끼고 세찬 소나기가 쏟아지고 심지어 천둥 번개에 벼락이 내리치기도 한다. 나도 그런 날들을 다 겪어봤다.

　주변에 속 썩이는 자들이 있어 가슴에 묵직한 바위를 하나 안은 채 창원에서 부산으로 차를 몰았다. 시즌이 지난 해운대를 홀로 조용히 걸으며 생각을 비웠다. 저 멀리 오륙도 쪽에 제법 커다란 배가 한 척 눈에 들어왔다. 어쩌면 상선? 혹은 크루즈선? 뭐든 어쨌든. 그 움직임이 너무 완만해 마치 아무 생각 없이 산책을 하고 있는 듯한 모습이었다. 문득 대학생 때 좋아하던 시가 떠올랐다. 대만의 지셴(紀弦)이라는 시인이 쓴

〈배(船)〉라는 시다.

　　船船在海上散步
　　而我航行紇波濤洶湧的陸地
　　我用我的煙斗冒煙
　　船則以其男低音歌唱
　　船載着貨物拜旅客
　　我的順位是'人生'的重量

　　저 배 바다를 산보하고
　　난 여기 파도 흉용(洶湧)한 육지를 항행(航行)한다
　　내 파이프 자욱이 연기를 뿜으면
　　나직한 뱃고동, 남저음(男低音) 목청
　　배는 화물과 여객을 싣고
　　나의 적재 단위(積載單位)는 '인생'이란 중량 (허세욱 역)

　대학생 때 나는 이 시를 무척이나 좋아했다. 특히 그 첫 두
줄과 끝 두 줄. 시와 철학을 함께 좋아하는 나의 취향에 딱이
었다. 철학이 있는 시. 시의 옷을 걸친 철학. 그래서 한동안 나
는 '대만' 하면 장제스보다도 지셴을 먼저 떠올렸다. (단, 덩리
쥔이 뜨기 전까지만.) "난 여기 파도 흉용(洶湧)한 육지를 항행
(航行)한다." 그의 이 시구는 삶의 과정에서 온갖 거친 파도에

부딪치면서 점점 더 그 진실성을 더해갔다. 그리고 60이 넘은 지금, "나의 적재 단위(積載單位)는 '인생'이란 중량"이라는 그의 마지막 구는 그야말로 묵직한 중량으로 나의 가슴에 전해진다.

인생이 무겁지 않은 자가 어디 있으랴. 누구든 그 중량을 감당하면서 살아갈 수밖에 없다. 그런데 인생의 이 무게는 도대체 어디에서 오는 것일까? 그것은 아마도 인생의 원리인 욕망과 그 저항인 현실과의 부조화에서 느껴지는 것이 아닐까 한다. 나는 강변에서 자전거를 타면서 힘겨운 맞바람을 맞을 때 곧잘 이것을 실감하곤 한다. 욕망은 항상 힘겨운 현실의 맞바람에 부딪친다. 대개의 경우 욕망을 실현하기에 우리의 역량 혹은 여건은 언제나 조금씩 (누군가에게는 한참 혹은 턱없이) 모자란다. 건강도 모자라고 돈도 모자라고 능력도 모자란다. 운발도 모자란다. 그런데도 해야 할 일들은 항상 파도처럼 밀려든다. 그 '저쪽의 밀려드는 힘들'을 감당하기에 나의 '이쪽의 힘'은 언제나 항상 달리고 부치는 것이다. 그렇지만 우리는 '살기 위해서' 혹은 '아내/남편을 위해서', '자식을 위해서', 혹은 '부모의 기대 때문에' 혹은 어떤 '이념 때문에', '의미 때문에' 앞으로 나아갈 수밖에 없는 것이다. 그래서 우리의 인생은 맞바람을 향해 노를 젓는 것처럼 버겁고 힘겨울 수밖에 없는 것이다.

물론 그 모든 짐들을 벗어던진다면야 중량도 일거에 사라질 것이다. 깃털처럼 가벼운 인생도 가능할 것이다. 그런 사람을 우리는 대자유인이라고 부르기도 한다. 호접 운운한, 대붕 운운한 장자는 어쩌면 그런 사람이었을까? 중국 소설 등에서 자주 거론되는 '무애도인' 같은 이들도 그런 사람이었을까? 해탈한 고승들도 그런 사람이었을까? 그런 것이 정말로 가능하다면 그건 그야말로 하나의 '경지'일 것이다. 그게 어떤 것인지는 나도 아직 잘 알지 못한다.

그런데 묘하게도 전혀 다른 의미에서 인생의 무게를 벗어던진 이들이 있다. 모든 의미 있는 무게들을 아예 아랑곳하지 않는 사람들, 모든 것이 너무나 가벼운 사람들, 특히 생각이 가볍고 입이 가볍고 행동이 가벼운 사람들, 그렇게 삶이 가벼운 사람들이 우리 사회에, 이 시대에 넘쳐난다. 그들도 이 '파도 흉용한 육지를 항행'하고 있는 건 다르지 않을 텐데 그들의 배에도 과연 '인생이란 중량'이 실려 있는지 어떤지 잘 모르겠다.

어쨌거나 언젠가는 우리 모두 각자의 항해를 끝내고 어느 항구엔가 정박을 하고 닻을 내릴 것이다. 누군가에게는 거기가 천국일 것이고 누군가에게는 지옥일 것이다. 나는 그 세계를 잘 모르지만 희망컨대 각자의 배에 실렸던 그 인생의 중량에 따라 값을 쳐주는 그런 하역 작업이 그 부두에서 이루어졌으면 좋겠다. 그런 소박한 꿈을 꾸어보았다. 해운대에서. 동백 섬 쪽의 그 배를 바라보면서.

무이시우칭 〈위자부〉
영원한 아름다움

2014년, 중국에서 〈웨이쯔푸(衛子夫)〉라는 드라마가 큰 인기를 끌었다. 무이시우칭(梅小靑), 시에치(謝琪) 편극, 류자하오(劉家豪), 첸핀샹(陳品祥) 연출, 왕뤄단(王珞丹), 린펑(林峯), 저우리치(周麗淇), 쉬정시(徐正溪), 센타이(沈泰) 등 주연으로 한국에서도 방영되어 인기가 높았다. (한국판 제목은 〈위황후전〉) 미천한 출신으로 평양공주의 가희로 있다가 공주의 아우인 한무제의 눈에 들어 후궁이 되고 이윽고는 황후가 되어 38년간 재위한 위자부의 일대기를 그린 궁중 사극이다. 극 중에서는 실제와 달리 생애 후반부의 불행과 몰락이 생략되어 일종의 해피엔드로 처리되고 있다. 한국의 드라마에 비해 극의 완성도가 높다고는 할 수 없으나 에피소드와 연기 등에서 칭찬할 점이 적지는 않다. 특히 주인공의 현덕한 인품과 배우의 미모는 큰 매력이다. 나는 개인적으로 이 드라마를 높이 평가한다.

그중의 한 장면이다. 극 중 위자부가 시기 세력의 음모로 독에 중독되어 어린 세 딸과 격리되어 지내게 되는 가슴 아픈 일이 발생하는데, 어렵게 다시 만나게 되었을 때, 아이들의 얼굴에 꽃을 그려주면서 예쁘다고 좋아하는 아이들에게 이런 말을 들려준다.

"아름다움은 바깥에 있지 않고 마음에 있는 거란다. 밖으로 드러나는 아름다운 모습은 쉬이 흘러가버리지만, 마음이 착한 아름다움만은 영구히 쇠퇴하지 않는 거란다."

(美不在外 而在于心. 外表的美容易流逝, 只有心善的美才永久不衰.)

(한글 자막은 이렇게 처리되어 있다. "얼굴 예쁜 건 오래 못 가지만, 마음 예쁜 건 영원하단다.")

나는 이 대사에 감동 같은 걸 느꼈다. 듣는 그 순간 내 마음속에서 한 철학자가 '진리!'라고 도장을 찍어주는 게 느껴졌다. 드라마를 문학 취급하는 데 대해 이미 못마땅해 하는 사람도 없지 않겠지만, 이 정도의 대사라면 충분히 문학으로서의 가치가 있을 뿐 아니라, 하나의 철학으로서도 충분한 자격이 있다고 나는 인정한다. '윤리적 미학'이라고나 할까?

아닌 게 아니라 그렇다. 이 말의 앞부분은 이른바 '화무십

일홍(花無十日紅)'이라는 철학과 다르지 않다. 외적 화려함은 오래가지 못한다는 말이다. 그에 비해 진정한 아름다움, 즉 마음의 아름다움, 즉 선은 영구불쇠 즉 영원하다는 말이다. 인간의 진정한 아름다움은 내면에 있다. 나는 그 한 전형을 저 할리우드 스타 오드리 헵번에게서 발견한다. 그녀의 미모는 가히 압도적이었다. 〈로마의 휴일〉, 〈마이 페어 레이디〉, 〈티파니에서 아침을〉, 〈사브리나〉… 그 어느 한 장면만 봐도 누구든 그 미모를 인정하지 않을 수 없을 것이다. 그러나 그런 오드리 헵번의 미모조차도 세월의 흐름 앞에서 버틸 재간은 없었다. 우리는 인터넷 검색을 통해 너무나도 쉽게 그녀의 나이 들고 주름진 얼굴을 확인할 수 있다. 그러나! 그녀는 현명했다. 아마도 그녀는 이런 철학을 체득하고 있었던 건지도 모른다. 왜냐하면 그녀는 그 젊고 화려했던 미모의 빈자리를 마음의 아름다움으로 다시 가득 채워 넣었기 때문이다. 잘 알려진 대로 그녀는 생애 후반을 봉사활동에 투신했다. 유니세프 활동을 위해 아프리카의 더위와 갈증도 마다하지 않았다. 아마도 적지 않은 아프리카의 아동들이 그녀의 덕분에 아사와 병사의 위기에서 목숨을 건지고 교육도 받을 수 있었을 것이다. 그건 저 위자부가 말한 '심선적 미재(心善的美才: 마음이 선한 아름다움)'가 없으면 불가능한 일이다. 그래서 그녀의 그런 아름다운 마음은 지금까지도 세인의 칭송을 받으며 쇠퇴하지 않고 있는 것이다.

아름다움에 대한 지향은 인간의 본능에 속한다. 그것에 대한 지적 관심 또한 저 소크라테스에서부터 칸트를 거쳐 아도르노에 이르기까지 철학의 한 핵심이기도 했다. 그게 바로 '미학'이었다. 그리고 우리는 21세기 한국 강남의 성형외과와 중국인들로 붐비는 면세점 화장품 코너에서 그 구체적인 실제를 여실히 확인한다. 그런데 거기 줄 선 그 누구에게도 마음의 선을 비춰보는 거울은 없는 듯하다. 욕망으로 들끓는 이 시대는 그런 상실을 상실인 줄도 모르고 있다. 나는 아름다운 사람을 보고 싶다. 진정한 아름다움, 영원한 아름다움을 갖춘 그런 사람을. 마음이 선해서 아름다운 사람, 저 위자부 같은, 저 오드리 헵번 같은 그런 사람을.

모옌《인생은 고달파》

내가 나의 주인

2012년 노벨 문학상이 중국의 모옌(莫言)에게 돌아갔을 때, 나는 한 사람의 평범한 한국인답게 '드디어 중국도…' 하는 부러움과 '왜 우리 한국은…' 하는 안타까움을 가장 먼저 느꼈다. 그를 제대로 읽어본 적도 없었던 그때는 미디어의 소개를 통해 '아, 그 장이머우 감독의 영화 〈붉은 수수밭(紅高粱)〉의 원작자…'라는 게 첫인상이었고 그게 썩 내 취향은 아니었던 터라 그는 금세 내 관심에서 멀어졌다. (물론 내용과 별도로 바람에 나부끼는 광활한 수수밭 풍경의 영상미와 주연배우 공리의 독특한 매력은 깊은 인상으로 남아 있었다.)

그 얼마 후 북경대학에서 공부하고 중국에서 교수로 활동하는 한 옛 친구의 권유로 그의 2006년 작품《인생은 고달파(生死疲劳)》를 읽어보았다. 무엇보다 그 제목이 우선 철학자의 구미를 당겼다. (참고로 일본에서는《전생몽현(転生夢現)》으로 번역돼 있다.) 목차도 좀 남달랐다. '어, 이거 뭐지?' 중

고등학교 때 내가 엄청 좋아했던 《홍루몽》을 떠오르게 하는 그런 인생 서사가 제목에서 이미 살짝 얼굴을 드러내고 있었다. 내용을 읽으면서 곧바로 몰입했다. 그리고 그 기발한 발상과 입담에 탄복했다. 그는 나와 동갑내기인지라 좀 특별한 친근감도 느껴졌다. 사회주의 정권이 성립된 1950년부터 뉴밀레니엄 2001년 1월 1일까지, 그 반세기 동안 중국 인민들이 겪었던 개인적, 사회적 체험(토지개혁, 자본주의의 물결, 개혁과 개방의 소용돌이 등)이 고스란히 녹아들어 있었다. 더욱이 (저 《서유기》와 《금병매》를 연상케 하는) 황당하기 그지없는 그 설정이란!

그 이야기는 악덕 지주로 낙인찍혀 억울하게 처형당한 '시멘나오(西门闹)'가 염라대왕에게 호소하여 나귀–소–돼지–개–원숭이로, 그리고 마침내 다시 인간인 란첸쉐이(蓝千岁)로 여섯 번의 환생을 거듭하면서 본래의 가족들 주변을 맴돌고 그 후사(sequel)를 지켜본 뒤 다섯 살짜리 란첸쉐이의 입으로 그간의 일들을 친구에게 구술하는 형태로 전개된다. 그 입담이 정말 보통이 아니다.

매력적인 부분이 하나둘이 아니지만, 그중에서도 시멘나오의 머슴이었던, 그리고 그의 둘째 부인 잉춘(迎春)이 아이들을 데리고 개가한 '란리엔(蓝脸)'이라는 인물이 내게는 좀 특별히 눈길을 끌었다. 집단농장화가 한창 진행되는 와중에 그는 인민공사에 들어가기를 거부하며 개인농을 고집한다. 그러면서 그는 "혼자 개인농 하는 게 무슨 의미가 있어요?"라는 아들의 말에 이렇게 대꾸한다.

"아무 의미 없다. 그저 조용히 살고 싶어 그런다. 내가 나의 주인이 되고 싶어 그런다. 다른 사람 간섭을 받고 싶지 않아서 그런단 말이다."

"어쩌면 자네들이 전부 옳고 나만 틀린 건지도 몰라. 하지만 난 맹세했어. 이것이 틀린 것이라도 끝까지 틀리자고."

"세상 새와 까마귀 들이 다 까맣다고 해도 어찌 하얀 것이 하나도 없겠어? 내가 바로 그 하얀 새와 까마귀야!"

작가는 그의 이런 태도를 이렇게 평하고 있다. "모든 사람들이 태양을 찬송하는 그 시절에, 한사람이 달과 이렇게 깊은 정을 나누고 있었던 것이다." 멋있다고 인정하지 않을 도리가 없다. 이런 게 그 내실을 갖추면 이른바 '군계일학'이고 '낭중지추'다. '좁은 문' 내지 '바늘구멍으로 들어가는 낙타'다. 그러나 란리엔은 그런 경우는 아니다. 그냥 좀 별종이고 옹고집일 뿐이다.

그런데도 나는 그의 이런 태도에서 어떤 철학이 느껴졌다. 세상이 다 태양을 찬송하는데도 홀로 달과 깊은 정을 나누는 것, 모두가 다 까만 가운데 홀로 하얀 것, 틀린 것이라도 끝까지 틀리려는 줏대, 소신, 마이 웨이. 일단 멋있지 않은가. 그것을 그는 '내가 나의 주인이 되고 싶어서 그러는 것'이라고 표현한다. 더욱 멋있지 않은가. 이 구절을 읽으며 나는 저 아득한 40여 년 전 1970년대, 24세의 대학생 때 내가 썼던 제주 여행기 〈잠시 일상을 떨치고―인생이 무엇인가 묻는 어느 주책없는 젊은이의 여행수첩〉을 떠올렸다. 그 글을 나는 이렇게 마무리했다.

  "일상 속에서, 그동안 난 물결 따라 흘러가는 종이배처럼 그렇게 살아왔다. 그런 상태에서 난 내 운명이라는 놈과 단둘이 만나 그놈과 악수하고 만 것이다. 그렇게 해서 난 나 자신을 완전히 잃어버렸던 것이다. 난 자유의 길로 나아가고자 했다. 자유란 스스로에게 말미암은 정신적 상태인 것이고 그러자면 나는 철저하게 나의 주인이어야 했다. '나는 과연 나의 주인인가?' 하는 물음을 나에게 던지면서, 이제 나는 느낀다. 자유의 가장 큰 적은 무엇보다도 내 자신 속에 있다. '극기'라는 교훈은 과연 어려운 것이었고 사실상 나는 나의 주인이지 못하였다. 나는 단지 나의 방관자였고 관람객이었고 구경꾼이었다. 나의 주인은 오히려 신문 속에, 라디오 속에, TV 속에, 그리고 내 주변인들의 혓바닥 속에, 그리고 무엇보다도 바로 책 속에 있었다. 그런 와중 속에서 나는―아니, 대부분의 사람들은―조금씩 자신의 나그네로 되어

갔던 것이다.

그러나 이제 나는 결단을 내려야 한다. 나의 존재를 부여해준 그 누군가에게 부끄럽지 않기 위해서 나는 다시금 일상으로부터 나를 탈환해야 한다. 그리고 그런 채 또다시 세상이라는, 현실이라는, 마련된 존재론적 영역 속으로 나아가야 한다. 거기서 나의 위치를 확고히 설정하고 나의 역할을 성실히 수행해야 한다. 그것만이, 생의 한동안만이라도, '무화'라는 인간의 허무와 싸울 수 있는 힘이 되어줄 것이라고 나는 감지한다.

제주 여행이라는 나의 움직임은 결국 이렇게 아무것도 이루어 놓지 않은 채로 마무리짓는다. 그러나 한편 눈을 돌려 생각하건대 나는 이 여행을 통해 인간으로서의 나의 모습을 조금은 더 넓고 깊이 이해하게 되었고 그리해서 소박한 나름대로의 인생관을 얻어 가지게 되었다. 이건 실로 '조용한 혁명' 그것이다. 그리고 이건 만여 원이라는 나의 여비에 비한다면 너무도 크고 고마운 보수라고 나는 느낀다. 어느 시인의 말처럼, 나는 '인생이 무엇인가 묻는 주책없는 젊은이'인지도 모른다. 그러나 그 주책없는 젊은이는 그렇게 주책없이 물음으로써, 인생이라는 이 험한 바다에서 귀한 진주를 캐는 것이다. 그렇게 묻는 자만이 얻을 수 있는 귀한, 아름다운 진주를."

바로 이것 때문에, '나의 주인'이라는 이 표현의 우연한 일치 때문에, 나는 한순간 저 란리엔에게 진한 동질감을 느꼈다.

어디 그와 나만 그런가. 사람들은 대개 자기 자신의 주인이 되지 못한다. 나의 주인은 딴 데 있다. 바깥에 있다. 란리엔은 "다른 사람의 간섭"이라고 했고 나는 "신문 속에, 라디오 속에, TV 속에, 그리고 내 주변인들의 혓바닥 속에, 그리고 무엇보다도 바로 책 속에" 있다고 했다. 그런 것들이 대개 나를 움직인다. 우리는 알게 모르게 그 명령에 따른다. 요즘은 거의 대부분 욕망의 명령에, 구체적으로는 돈의 명령에 따른다. 그것이 나의 주인인 것이다. 그런데 란리엔은 남들의 생각, 간섭, 그 속박으로부터의 탈피를, 해방을, 즉 자유를 꿈꾼다. 당시의 상황을 생각하면 이건 좀 위험한 꿈이기도 하다.

그러나 달리 생각해보면 어쩌면 이 자유 자체가 속박보다 더 견디기 힘들 수도 있다. 그래서 어떤 경우는 '자유로부터의 도피'를 꿈꾸기도 한다. 그건 저 독일의 에리히 프롬이 너무나 드라마틱하게 잘 보여줬다. 거기서 저 히틀러의 전체주의가 탄생하기도 했던 것이다. 사람들은 자유의 무게를 감당하지 못하고 스스로 그 주인 자리를 내려놓는다. 그래서 무언가에, 어딘가에 속하려 한다. 그래서 '하일 히틀러!'를, '텐노헤이카 반자이!'를 외치기도 한다.

지금 우리 시대 우리 사회의 양상이 딱 그렇다. 그 결과가 이른바 '대중' 혹은 '군중'이고 그 정치적 형태가 '패거리' 혹은 '진영'이다. 그 안에 자기를 숨기고 모두가 까만 까마귀가 된다. 하얀 새는 용납되지 않는다. 적이다. 그래서 '다른' 자와는 죽기 살기로 싸운다. 그 폐해가 선진으로 가는 우리의 발목을 잡고 늘어진다. 부디 하얀 새에게도 둥지를 틀게 해주자. 그들도 자기 둥지에서는 주인인 것이다. 하늘에는 태양만 있는 것이 아니라 달도 있다. 달이 있어 밤하늘이 예쁜 것이다. 우리는 저 란리엔의 철학, 모옌의 철학에서 하얀 까마귀의 가치를 배우지 않으면 안 된다. 검든 희든 모두가 각자 자기의 주인이라는 것, 그걸 말하기 위해 저 모옌은 시멘나오를 다섯 번 씩이나 죽였다가 다시 살리면서 그 고달픈 삶을 살게 했는지도 모르겠다. 나귀 같은, 소 같은, 돼지 같은, 개 같은, 원숭이 같은 그런 삶도 다 제각기 의미 있는 삶이며 내가 그 주인이라는 것을 말하기 위해.

위화《인생》

고상함

후생가외(後生可畏). 많지는 않지만 이따금 나보다 후배 격인 친구들을 보고 이 말을 절감할 때가 있다. 내 아주 가까이에도 몇 명 있다. 이제 나의 나이도 60대 중반에 들어섰으니 지금부터는 아마 점점 더 많아질 것이다. 아니, 많아지기를 바란다. 아니 아니, 많아지지 않으면 안 된다.

우연히 (좀 뒤늦게) 위화(余华)를 알게 되었다. 그야말로 후생가외였다. 현대 중국의 대표작가니, 중국의 무라카미 하루키니 하는 평도 있나 보다. 그의 《허삼관 매혈기(许三观卖血记)》는 하정우 주연의 영화로도 만들어져 인기를 끌었다. 그러나 그 작품은 (그나 그의 팬들에게는 미안하지만) 좀 내 취향은 아니었다. 그런데 그의 또 다른 인기작 《인생(活着)》은 달랐다. 힘들고 괴롭고 구질구질한 이야기라는 점에서는, 그리고 미학의 부재라는 점에서는, 역시 내 취향이 아니었지만, 인생을 주제로 건드리고 있다는 점에서, 나는 이것을 외면할 수 없었다. 그것은 내 철학의 핵심 주제이기도 하니까. 표지를 넘기고 서문을 읽었다. 헉! 좀 충격이었다. 멋있었다.

"작가의 사명은 발설이나 고발 혹은 폭로가 아니다. 작가는 독자에게 고상함을 보여줘야 한다. 여기서 말하는 고상함이란 단순한 아름다움이 아니라, 일체의 사물을 이해한 뒤에 오는 초연함, 선과 악을 차별하지 않는 마음, 그리고 동정의 눈으로 세상을 대하는 태도다.

바로 이러한 시점으로 나는 미국의 민요 〈톰 아저씨〉를 들었다. 노래 속 늙은 흑인 노예는 평생 고통스런 삶을 살았고, 그의 가족은 모두 그보다 먼저 세상을 떠났다. 하지만 그는 원망의 말 한마디 없이 언제나처럼 우호적인 태도로 세상을 대했다. 이 노래는 내 마음 깊은 곳을 울렸다.

그래서 나는 이런 소설을 쓰기로 했고, 그것이 바로 이 책《인생》이다. 이 소설에서 나는 사람이 고통을 감내하는 능력과 세상에 대한 낙관적인 태도에 관해 썼다. 글을 쓰는 과정에서 나는 깨달았다. 사람은 살아가는 것 자체를 위해 살아가지, 그 이외의 어떤 것을 위해 살아가는 것은 아니라는 사실을. 나는 내가 고상한 작품을 썼다고 생각한다."

(作家的使命不是发泄, 不提控诉或者揭置, 他应该向人们展示高尚. 这里所说的高尚不是那种单纯的美好, 而是对一切事物理解之

后的超然，对善与恶一视同仁，用同情的目光看待世界。

　　正是在这样的心态下，我听到了一首美国民歌《老黑奴》，歌中那位老黑奴经历了一生的苦难，家人都先他而去，而他依然友好地对待世界，没有一句抱怨的话。这首歌深深打动了我，我决定写下一篇这样的小说，就是这篇《活着》，写人对苦难的承受能力，对世界乐观的态度。写作过程让我明白，人是为活着本身而活着的，而不是为活着之外的任何事物所活着。我感到自己写下了高尚的作品。)

이 친구 보통이 아니라고 느꼈다. 책을 읽고 난 느낌은 좀 먹먹했다. 한 사람의 (아니 그 주변 여러 사람의) 굴곡진 일생과 그 배경인 근현대 중국이 (일제 침략, 공산당 혁명, 국공 내전, 문화대혁명 등이) 다 들어 있으니 머리와 마음이 무겁지 않을 도리가 없다. 더욱이 그 주인공 푸구이(徐福贵)의 인생은 복이나 부귀는커녕 구질구질하기가 이를 데 없다. 대지주의 아들로 태어나 건달 도련님으로 살다가 아버지가 도박에 손을 대면서 가세는 기울고 결국은 본인도 도박으로 남은 재산을 다 말아먹는다. (그것을 그의 아버지는 이렇게 묘사한다. "옛날에 우리 쉬씨 집안 조상들은 병아리 한 마리를 키웠을 뿐인데 그 병아리가 자라서 닭이 되었고, 닭이 자라서 거위가 되었고, 거위가 자라서 양이 되었다. 그런데 내 손에서 쉬씨 집안의 소는 양으로 변했고, 양은 또 거위로 변했다. 네 대에 이르러서는 거위가 닭이 되었다가, 이제 닭도 없어졌구나.")

그 충격으로 결국 부모는 차례로 세상을 뜬다. 그는 소작농으로 전락한다. 그래도 꾸역꾸역 삶을 이어간다. 그러다 국민당 군대에 징집되고 끔찍한 전쟁의 참상을 겪고 공산당 군대의 포로가 되고 간신히 살아남아 집으로 돌아가지만, 후에 아들 유칭(有庆)은 강제 과다 헌혈로 어이없이 죽고, 어려서 열병으로 귀머거리가 된 딸 펑샤(凤霞)도 10여 년 후 같은 병실에서 아이를 낳다가 숨을 거둔다. 그 후 사위도 죽고 손자도 죽고 아내 자전(家珍)도 결국 병으로 죽는다. 그는 홀로 남는다. 남편 때문에 평생 속을 썩이고 자식들을 다 먼저 보낸 아내 자전은 그래도 "다음 생에도 우리 같이 살자"는 말을 마지막 선물처럼 남겨준다.

심상할 수가 없는 일생인 것이다. 그런데 이제 주름진 노인이 된 푸구이는 (즉 위화는) 이 일생을 아주 심상한 어투로 담담하게 기술해나간다. 담담하게 그 삶의 전 과정을 회고해 제삼자인 유객에게 들려주는 것이다. 그러고는 소를 이끌고 옛 노래를 흥얼거리며 뙤약볕 아래 밭을 간다. 흙투성이의 그 모습이 자못 숭고하기까지 하다. 그는 그 모든 고통들을 감내하면서 삶에 대한, 세상에 대한 우호적인, 낙관적인 태도를 끝끝내 견지하는 것이다. 꿋꿋이 살아나가는(活着하는) 것이다. 위화는 바로 그런 모습에 '고상함'이라는 리본을 달아준다.

고통과 낙관은 어울리지 않는다. 그것은 모순이다. 고통의 뒤에는 최소한 원망이 뒤따르는 게 보통이다. 절망이나 분노도 자연스럽다. 그런데도 푸구이는, 즉 위화는 그런 태도 대신에 '그래도', '그렇지만', '그럼에도 불구하고'를 동원한다. 사실 그게 삶이기 때문이다. 그럴 수밖에 없기 때문이다. 어쩌면 나도 그와 한통속이다. 예전에 낸 《인생의 구조》에서 나는 감히 '인생의 이유'라는 걸 논하면서 '났으니까 산다', '죽지 못해 산다'는 걸 대답이랍시고 제시했다. (물론 '의미를 위해 산다', '좋으니까 산다', '좋으려고 산다'는 모범답안도 빼먹지는 않았다.) 일견 무책임해 보이는 이 대답들이 실은 정답인 것이다. 어차피 살 거, 살 수밖에 없을 거, 죽을 때까지 못 죽을 거, 죽상을 지어봤자 아무 소용없을 거, 그냥 초연하게 꾸역꾸역 살아나갈 수밖에 없다. 아무 도리 없다.

그렇게 고통과 힘듦을 감내하는 것, 그러면서도 담담한 것, 그것이야말로 고상한 일이라고 위화는 일갈한다. 참 기발한, 그러나 눈물 나는 미학이 아닐 수 없다. 우리의 징한 인생에 참으로 어울리는 미학이다. 우리에게는 그런 미학, 그런 고상함이 필요하다. 아니, 인생 자체가 우리에게 그런 고상함을 요구한다. '단순한 아름다움이 아니라, 일체의 사물을 이해한 뒤에 오는 초연함, 선과 악을 차별하지 않는 마음, 그리고 동정의 눈으로 세상을 대하는 태도', 그런 고상함. 그런 고상함으로 정신을 무장하고 남은 인생을 살아나가자. 삶의 끝 날까지. 꾸역꾸역. 고상하게.

참고로 관련된 말 한마디만 더 덧붙이자.

"바람이 분다. 살아야겠다."(폴 발레리, 〈해변의 묘지〉)

"바람이 불지 않는다. 그래도 살아야겠다."(남진우, 〈로트 레아몽 백작의 방황과 좌절에 관한 일곱 개의 노트 혹은 절망 연습〉)

멋있지 않은가.

Ⅲ 러시아편

알렉산드르 푸쉬킨 〈삶이 그대를 속일지라도〉
위로

2016년 10월, 나는 큰맘 먹고 러시아 이르쿠츠크행 비행기에 몸을 실었다. 이런저런 일들로 심신이 좀 지쳐 있었다. 삶이라는 게 참 호락호락하지 않다고 느꼈다. 착하고 성실하게 사는 것이 옳다고 믿어왔건만 살아본 인생의 실전은 꼭 그런 것만은 아니었다. 많은 경우 사람들의 생각은 달랐고, 기대의 배신은 다반사였다. 누구나처럼, 때론 슬프기도 하고 때론 화도 났다. 러시아의 대지는 뭔가 그런 감정들을 지워줄 것 같은 기대가 있었다. 아닌 게 아니라 만추의 시베리아는 기대 이상이었다. 바이칼 호수의 알혼 섬에서 첫날 밤을 맞았다. 세계에서 가장 맑다는 그 호수의 물만큼이나 마음이 청정해졌다.

그런데 내가 묵은 그 통나무 펜션 방 안 벽에서 푸쉬킨을 만나게 될 줄은 몰랐다. 시가 적힌 액자가 하나 걸려 있는데, 어설픈 러시아어 실력으로 꿰맞춰보니 그 이름은 분명 푸쉬킨(Александр Сергеевич Пушкин)이었고 그 시는 저 유명

하고도 유명한, 한국인이 가장 좋아하는 시 중의 하나라는,
〈삶이 그대를 속일지라도(Если жизнь тебя обманет…)〉
였다.

삶이 그대를 속일지라도
슬퍼하거나 노하지 말라
우울한 날들을 견디면
믿으라, 기쁨의 날이 오리니

마음은 미래에 사는 것
현재는 슬픈 것
모든 것은 순간적인 것, 지나가는 것이니
그리고 지나가는 것은 훗날 소중하게 되리니

Если жизнь тебя обманет,
Не печалься, не сердись!
В день уныния смирись:
День веселья, верь, настанет.

Сердце в будущем живет;
Настоящее уныло:
Все мгновенно, все прой дет;

Что прой дет, то будет мило.

반가웠다. 시간적으로나 공간적으로나 너무나 잘 어울리는, 아주아주 적절한 환영 선물 같았다. 그건 그 자체로 하나의 위로였다. 인생이라는, 세월이라는 이 강물을 힘겹게 노 저어 가는 여행자에게 이만한 위로가 어디 많겠는가. 세월 속의 삶은 걸핏하면 우리 인간을 속이기 일쑤다. 사람도 그렇고 일도 그렇다. 심지어 국가도 정치도 그렇다. 기대는 당연한 것이건만 무릇 인간의 기대 중 몇 퍼센트 정도가 채워지던가. 대부분의 기대는 배신으로 끝난다. 그래서 우리 인간에게 슬픔과 분노는 그림자처럼 따라붙는다. 희노애락이란 말이 괜히 있는 게 아닌 것이다. '희락'(기쁨과 즐거움)도 없지 않지만 '노애'(분노와 슬픔) 또한 불가피하기 때문이다. 그래서 푸쉬킨은 "현재는 슬픈 것"이라고 단정한다. 그러나 그는 많은 사람들이 그러는 것처럼 그 화와 슬픔을 터트리지는 말라고 조언한다. 참고 견디라고 말한다. 그러면 기쁨의 날이 올 거라고, 그렇게 믿으라고 말한다. 그의 이 시는 슬프고 화나는 우리에게 주먹을 불끈 쥐고 미소로 외치는 "화이팅!"인 것이다. 혹은 적어도 따뜻한 포옹 뒤의 '토닥임'이다. 미래를 한번 믿어보자는 것이다. 그 미래에서는 지금 이 슬프고 화나는 현재도 아마 '소중한 그때'로 기억되리라는 것이다. 뭐 이른바 과거에 대한 '기억 보정'이라도 좋다. 살아보면 우리는 이 말의 진실성에 고개를 끄덕이게 된다.

푸쉬킨이 우리 한국인들에게 그토록 사랑받는 것은 바로 이런 위로에 있다고 나는 본다. 그의 시에는, 그의 언어들에는 특유의 미술이 있다. 색깔이 있고 채도가 있고 명암이 있다. 그의 언어들은 분홍에 가깝다. 그리고 맑고 밝다. "믿으라, 기쁨의 날이 오리니", "훗날 소중하게 되리니", 그런 언어들에는 또한 온도도 있다. 따뜻한 것이다. 그것은 슬픈 현재 대신 기쁜 미래를 말해준다. 위로의 언어란 그런 것이다. 그것은 삶을 살아가는 자에게 크나큰 윤리적 미덕이 된다. 비록 그것이 온 세상의 냉혹한 추위 그 자체를 어떻게 하지는 못하더라도 적어도 삶의 소소한 배신들로 차갑게 얼어붙은 손과 뺨을 잠시나마 녹여주는 방 안의 스토브는, 아니 그 빨갛게 타는 장작 한 토막은 될 수가 있는 것이다. 따듯한 언어의 위로는 그렇게 삶 속에, 시간 속에, 작으나마 따뜻한 하나의 공간을 만들어준다. 하여 그것은, 그 자체로 하나의 철학적 가치를 갖는 것이다.

푸쉬킨은 이런 위로를 자기 자신에게도 보내고 있다. '기대'는 '보상'이라는 말로도 표현된다. 뭔가를 바라는 것이다. 우리가 늘 배신당하는 바로 그것이다. 그걸 애당초 바라지도 말라고 그는 말한다. 자기가 만족하면 그걸로 됐다는 것이다.

〈시인에게〉

시인이여! 사람들의 사랑에 연연해하지 말라
열광의 칭찬은 잠시 지나가는 소음일 뿐
어리석은 비평과 냉담한 비웃음을 들어도
그대는 강하고 평정하고 진지하게 남으라

그대는 황제, 홀로 살으라. 자유의 길을
가라, 자유로운 지혜가 그대를 이끄는 곳으로
사랑스런 사색의 열매들을 완성시켜가면서
고귀한 그대 행위의 보상을 요구하지 말라

보상은 그대 속에, 그대는 자신의 가장 높은 판관
누구보다도 엄격하게 그대 노고를 평가할 수 있는
그대는 자신의 작업에 만족했느냐, 준엄한 예술가여?

만족했다고? 그러면 대중이 그것을 힐난하며
그대의 불꽃이 타오르는 제단에 침 뱉고
어린애처럼 소란하게 그대의 제단을 흔들지라도 그냥 그렇게 두라

ПОЭТУ

Поэт! не дорожи любовию народной .

Восторженных похвал прой дет минутный шум;

Услышишь суд глупца и смех толпы холодной ,

Но ты останься тверд, спокоен и угрюм.

Ты царь: живи один. Дорогою свободной

Иди, куда влечет тебя свободный ум,

Усовершенствуя плоды любимых дум,

Не требуя наград за подвиг благородный .

Они в самом тебе. Ты сам свой высший суд;

Всех строже оценить умеешь ты свой труд.

Ты им доволен ли, взыскательный художник?

Доволен? Так пускай толпа его бранит

И плюет на алтарь, где твой огонь горит,

И в детской резвости колеблет твой треножник.

나도 한 사람의 시인으로서 그의 이런 위로에 귀를 기울인
다. 고맙다. 그의 덕분에 저 시베리아의 10월이 춥지 않고 따

뜻했다. 거기서 나는 인간의 온도, 삶의 온도, 세상의 온도를, 그 쌀쌀함과 따뜻함을 제대로 배웠다. 세상은 애당초 추운 곳이지만 그 추위 속에서의 삶도 누군가의 위로로 따뜻할 수 있다. 스파시바(Спасибо)) 러시아, 스파시바 푸쉬킨! 나는 포근한 잠에 빠져들었다.

막심 고리키 〈밑바닥〉

일과 돈

여러 해 전 교육과정 개편이 있을 때, 나는 '철학자의 삶'이라는 과목을 신설해 한동안 직접 강의를 담당한 적이 있었다. 철학적인 내용은 일절 배제하고 철학자들의 생애와 에피소드만 소개해 일단 친근감을 갖게 하자는 취지였다. 사람에 대해 좀 알게 되면 '아는 그 사람의 철학'에 대해 좀 더 관심도를 높일 수 있을 거라는 기대가 있었기 때문이다.

그때 헤겔을 다루며 그가 언젠가 친구인 니트하머에게 보낸 편지를 소개한 적이 있다. 그 편지엔 "이 세상에서는 일과 사랑스러운 아내가 있으면 모든 것은 안정될 수 있다네"라는 내용이 적혀 있다. 나는 이 말에 전적으로 공감하는 편이다. 그래서 교양 '인생론'을 강의할 때도 '일'과 '사랑'은 인생의 구체적 내용으로서 반드시 강조하곤 한다. 할 말이 무궁무진하게 많은 테마가 아닐 수 없다.

그때 나는 학생들에게 저 러시아의 막심 고리키(Максим

Горький)가 쓴 희곡 〈밑바닥(На дне)〉의 한 부분을 소개한
다. 거기 일과 돈에 대한 언급이 있기 때문이다.

사찐 : [⋯] 이 세상에 도둑보다 더 훌륭한 인간은 없을 거야!

끌료쉬 : (음울하게) 돈 참 편하게 버는 놈들이지⋯ 놈들은 일
도 하질 않고⋯.

사찐 : 돈을 쉽게 버는 놈들이 요즘 좀 많아? 근데 잘 쓰는 놈들
이 없단 말이야. 일? 일이 즐거우면야 나도 일을 하지. 만약 일이
즐거우면 인생은 극락이지! 헌데 일이 의무라면 인생은 지옥이야!
[⋯]

Сатин: Гиблартарр! Нет на свете людей лучше вор
ов!

Клещ (угрюмо): Им легко деньги достаются⋯ Они
— не работают⋯

Сатин: Многим деньги легко достаются, да немног
ие легко с ними расстаются⋯ Работа? Сделай так,
чтоб работа была мне приятна — я, может быть, бу
ду работать... да! Может быть! Когда труд — удово
льствие, жизнь — хороша! Когда труд — обязаннос
ть, жизнь — рабство!

이 말은 그 자체로 철학적 사고를 자극하지만 그 이야기의 전체 문맥 속에서 좀 더 극적인 효과를 드러낸다. 특별히 스토리랄 것은 없지만 연극이니만큼 분위기를 알 필요는 있다. 그건 대략 이렇다.

지저분한 여인숙. 동굴 같은 그 지하실에 잡다한 부류의 인간들이 얽혀 지지고 볶고 하면서, 각자 잘난 체도 하면서 살고 있다. 알코올중독 배우, 몰락한 남작, 지식인이었던 도둑, 사기만 치는 도박사, 자물쇠 제조공, 죽음을 앞둔 여자, 순진한 창녀, 구두 수선공, 애꾸눈, 살인자 등이 힘겹게 하루하루를 희망 없이 보내고 있다. 제목처럼 그야말로 밑바닥이다. 사찐도 그중 한 사람이다. 그러던 어느 날 정체를 알 수 없는 노인 루까가 나타난다.

루까는 여인숙에 모여 사는 사람들에게 여러 좋은 말들로 용기를 주며 암담한 미래에 희망을 심어준다. 밑바닥 삶인 그들도 조금씩은 그 말에 호응한다. 한편 여인숙 안주인 바실리사는 내연관계였던 페펠에게 동생 나타샤와 교제를 조건으로 남편 꼬스틸료프의 손아귀에서 빼내달라고 재촉한다. 루까에게 위로를 받고 삶의 희망을 이어가던 병자 안나는 끝내 죽음을 맞고 페펠은 나타샤에게 달콤한 미래를 약속하다가 바실리사에게 들켜 혼이 난다.

여인숙 사람들에게 희망을 전해주던 루까는 어느 날 행방이 묘연해지고 사람들은 절망에 빠진다. 나타샤를 못마땅해 하던 언니 바실리사와 형부 꼬스틸료프는 일을 핑계로 폭행하고 이를 발견한 페펠은 흥분한 나머지 꼬스틸료프를 죽이고 만다. 나따샤는 페펠이 형부를 죽인 것이 바실리사와에 관계 때문이라고 폭로한다. 상황이 정리되고 루까의 말에 희망을 품고 있던 배우는 결국 자살을 하고 만다.

대충 이렇다. 그나마 노인 루까(Лука)가 좀 두드러지고 사찐(Сатин)은 거의 단역이다. 그 단역이, 많은 장면 중 하나에서 그냥 지껄이듯이 이 말을 내뱉는 것이다. 더 무슨 설명도 없다. 끌료쉬와 둘이 술을 마시러 나가며 곧바로 장면은 바뀐다. 그런데 참 명언이다. (이 작품엔 이런 수준의 명언들이 아주 많다. "인간은 자기 이웃이 양심을 가지기를 바라고 있죠. 즉 누구에게든 [자기가] 양심이 있으면 손해만 보니까… 이건 사실이라고요." "가장 좋아하는 것에 그 사람의 영혼이 담겨 있거든." "인간은 누구나 잿빛 영혼을 가지고 있어… 그래서 예쁘게 색칠하고 싶은 거야…" 등등. 고리키는 거의 철학자 같다.)

"일이 즐거우면야 나도 일을 하지. 만약 일이 즐거우면 인생은 극락이지! 헌데 일이 의무라면 인생은 지옥이야!" 정말 명언이다. 어차피 삶을 위해 우리는 무언가 일을 하게 된다. 일을 하지 않을 수 없다. 그 일이 즐거우면 인생은 극락이다. 그런데 그냥 의무로 일한다면 그건 고통일 것이다. 그런 경우, 일은 오직 돈을 위한 수단일 뿐이다. 아마도 그래서, 의무 대신 즐거움을 찾기 위해서, 적지 않은 사람들이 직장을 옮겨 다니기도 하고 그러는 것일 게다. '일과 돈', 이 양자에는 사실 선후가 있다. 보통은 돈이 먼저다. 그러나 적어도 인생론적으로는 일이 먼저여야 한다. 돈은 일에 따라오는 것이 바람직하다. 그러면 일이 즐겁고 인생은 극락의 가능성을 갖게 된다. 그건 이른바 직업의 귀천과도 상관이 없다. 회장님이라고 반드시 더 즐겁고 평사원이라고 반드시 덜 즐겁지는 않다. 돈을 많이 번다고 반드시 더 즐겁고 돈을 적게 번다고 반드시 덜 즐겁지는 않다. 어차피 모두가 똑같을 수는 없다. 누구는 많이 벌고 누구는 적게 번다. 그러니 상대적으로 적게 버는 거리의 청소부라도 얼마든지 즐겁게 비질을 할 수 있는 것이다. 마치 셰익스피어가 글을 쓰듯이 르누아르가 그림을 그리듯이 모차르트가 작곡을 하듯이, 그 일을 즐길 수 있다. 그 즐거움 속에 천국의 가능성이 깃들어 있는 것이다.

그런데 우리는 어떤가. 우리는 일이 과연 즐거운가? 우리의 일은 즐거움을 허용하고 있는가? 많은 경우 그렇지 못하다. 일의 즐거움을 뺏어가는 요소들이 너무나 많다. 자본의 갑질도 그렇고 알아주지 않음도 그렇다. 즐거움은커녕 오로지 돈만을 위해 일을 하는 경우가 애당초 너무 많다. (일도 하지 않고 돈을 편하게 버는, 쉽게 버는 도둑들은 더 많다.) 철학은 (그리고 정치는) 이제 그런 상황을 정의라는 이름으로 좀 들여다볼 필요가 있다. 어차피 해야 할 일이라면 즐겁게! 그게 그

일철학의 구호가 되어야 한다. 거기에 보상으로서의 돈이 뒤따라야 한다. 그게 천국이다. 천국의 건설은 철학의 영원한 이상이자 지표가 아니었던가. 일의 즐거움 속에 그 천국이 있다지 않는가. 저 사찐이, 저 고리키가.

보리스 파스테르나크 《닥터 지바고》

언어

　강의 시간에 어쩌다 러시아 혁명 이야기를 하면서 "그 과정의 분위기는 여러분도 영화 〈닥터 지바고〉를 통해서 어느 정도 잘 알고 있죠?"라고 했더니 학생들의 반응이 좀 의외였다. '그게 뭐죠?'라는 눈치였다. 물어봤더니 150명 중 그 영화를 본 사람은 단 두 명, 그것도 40대의 나이 든 학생들뿐이었다. 거장 데이비드 린(David Lean) 감독도 아예 몰랐다. 내가 개인적으로 역대 최고의 명작으로 손꼽는 지바고가 이 정도일 줄이야! 시대의 변화를 절감하지 않을 수 없었다. 어쨌든 말이 나온 김에 그 영화의 대략적인 스토리를 소개하고 강추한다며 꼭 한 번 보기를 권했다.

　나는 아마 열 번도 넘게 봤을 것이다. 지금 다시 봐도 빠져든다. 부모를 잃은 어린 유리가 장례식을 마치고 그로미코 댁으로 들어가는 장면부터, 의대생이 되고, 우연한 사건으로 혁명가 파샤의 약혼자인 라라를 알게 되고, 파리에서 토냐가 귀국하고 혁명의 소용돌이에 휘말리면서 바리키노로 이주하고, 토냐와 결혼해 아들을 낳고, 우연히 유리아친에서 라라를 다시 만나고, 사랑에 빠지고, 토냐의 둘째 임신 중 라라에게 이별을 통보하러 갔다 오다가 파르티잔에게 납치돼 긴 기간 강제 의료 종군을 하고, 천신만고 끝에 탈출해 돌아와 보니 가족들은 모스크바로 떠난 뒤였고 유리아친에서 라라를 다시 만나 혁명군을 피해 둘이 바리키노로 가서 기약 없이 짧은 행복을 누리고, 거기로 라라를 좋아했던 악당 코마롭스키가 찾아와 피난을 권하고, 그녀의 안전을 위해 유리는 그녀를 혼자 코마롭스키에게 딸려 보내고, 훗날 모스크바에서 라라를 다시 목격한 유리는 그녀를 뒤쫓다가 심장마비로 죽음을 맞고, 라라는 유리의 이복형 예브그라프의 도움을 받으며 몽골에서 헤어진 유리와의 딸 카챠를 찾아 나서고, 마지막에 혼자 남은 예브그라프가 마침내 공장에서 일하는 카챠를 찾게 되는 장면까지… 명장면이 하나둘이 아니다.

그런데 그 영화의 감동과는 별도로 나는 보리스 파스테르나크(Борис Пастернак)의 그 원작 소설 《닥터 지바고(Доктор Живаго)》를 읽다가 좀 뜻밖의 한 장면에 눈길이 꽂혔다. 유리가 라라와 함께 가족이 떠난 바리키노에서 기약 없는 행복의 며칠을 보낼 때, 이런 장면이 묘사되는 걸 발견한 것이다.

"자연스럽게 넘쳐나기 시작한 두세 연의 시구와 그 자신을 놀라게 한 몇 가지 비유를 쓰고 나자 이제는 시가 그를 굴복시켜, 그는 이른바 영감이라는 것이 다가오는 것을 경험했다. 그 순간 창조를 지배하는 힘 관계가 역전한다. 우위에 서는 것은 시인도 아니고 시인이 그 표현을 찾고 있는 영혼의 상태도 아니며, 그가 그것을 표현하는 수단인 언어 그 자체이다. 아름다움과 의미를 담는 그릇이자 집인 언어 자체가 인간을 위해 생각하고 말하기 시작해서는 이내 언어 전체가 음악이 된다. 그러나 그것은 외적으로 청각에 들리는 울림이라는 점에서가 아니라 그 내적 흐름의 정열과 격렬함이라는 점에서이다. 그때, 세차게 흐르면서 강바닥의 돌을 매끄럽게 갈고 닦는 거대한 물줄기와 방앗간의 회전하는 물레방아처럼, 흐르는 언어의 물줄기 자체가 자신의 규칙의 힘에 따라 흘러가면서 음률을, 각운을, 그리고 더욱 중요한 수많은 형태와 구성을 창조해낸다. 그러나 그것은 지금까지 알려지거나 확인되지 않았고, 명명되지도 않은 것이다.

그런 순간 유리 안드레예비치는 그 중요한 일을 하고 있는 것은 자기 자신이 아니며, 자기보다 훨씬 높은 곳 저 위에 존재하는 어떤 힘이 자기를 지배하고 있음을 느낀다. 그것은 바로 우주의 생각과 시정(詩情)의 상태이다. 그것은 미래에 이룩되어야 하는 '일'이며, 다음에 올 한 걸음, 그것이 '일'의 역사적 발전 속에서, 일이 나아가야 할 한 걸음인 것이다. 그리고 그는 자신이, 일이 움직이기 시작하는 데 필요한 계기이고 지점(支點)에 지나지 않는다고 느꼈다."

그렇다. 말하자면 유리의, 아니 파스테르나크의 언어론 내지 언어철학이 거기 있었던 것이다. '창조를 지배하는 힘 관계의 역전', '창조 혹은 시작에서의 언어 그 자체의 우위', '아름다움과 의미를 담는 그릇이자 집인 언어 자체가 인간을 위해 생각하고 말하기 시작해서는 이내 언어 전체가 음악이 된다는 것', '그 중요한 일을 하고 있는 것은 자기 자신이 아니라는 것', '그 자신은, 일이 움직이기 시작하는 데 필요한 계기이고 지점(支點)에 지나지 않는다는 것', 이건 확실히 철학이었다.

그렇다. 지바고의 광팬이더라도 우리는 보통 유리 지바고라는 인물을 사랑의 주인공으로 기억하지, 그가 의사라는 것도 그리고 특히 시인이라는 것도 곧잘 잊어버린다. 그가 라라와 둘이 바리키노에서 지낼 때 가장 인상적인 장면은 밤늦게 '라라'라는 제목의 시를 쓰고, 자다 깬 라라가 그걸 읽으며 "이건 내가 아니에요"라며 감동하는 장면이다. 유리는 그때 '라라'라는 제목을 가리킨다. 명연출이다.

그렇다. 그는 시인이고 따라서 언어에 대해 일가견이 없을 수 없다. 내가 이 장면에 주목을 하는 또 하나의 까닭은 그의 이 말이 내가 전공하는 하이데거의 언어철학과 너무나 흡사한 면이 있기 때문이다. 하이데거도 그의 후기 철학에서 "언어 자체가 말한다(Die Sprache selbst spricht)"는 말로 '인간의 언어'에 대한 '언어 그 자체'의 우위를 말하며 그 언어를 "존재의 집(Die Sprache ist das Haus des Seins)"이라고 규정한다. 뭔가 좀 수상(?)하다. 파스테르나크가 하이데거의 이런 존재론을 알고 있었는지 어떤지 하이데거 전공 철학자로서는 궁금하지 않을 수가 없다. 호기심이 발동해 조금 찾아보았더니 파스테르나크 역시 법학과 함께 철학을 전공했고 더욱이 하이데거가 교수를 지냈던 독일의 마르부르크 대학에 유학한 적이 있었다(1912년 22세 때). 물론 그때는 하이데거가 이 대학에 부임하기(1923년) 11년 전이라 직접 배울 기회는 없었을 것이다. (참고로 '파'는 '하'보다 한 살 아래다.) 흥미 있는 철학도가 있어서 관련 조사 후 논문이라도 써주면 좋겠지만 뭐 그걸 지금 굳이 확인할 일도 아니다. 흥미롭다고 느끼면 일단은 됐다.

언어란 참으로 이해할 수 없는 마력을 지니고 있다. 그것은 존재의 집으로서 그 존재와 함께 영원한 수수께끼다. 그게 작가, 시인보다 우위라는 것은 애당초 언어가 먼저 있고 우리는 태어나 자라면서 그 언어를 '습득'해나간다는, 아니 그 언어 속에 '편입'된다는 구조를 보더라도 쉽게 부인할 수 없다. 확실히 언어가 먼저고 작가는 나중이다. 작품은 언어가 작가에게 주는 선물인 것이다.

그런데 우리 주변에 혹여 알량한 말재주나 글재주로 인기

작가임을 으스대며 어깨에 권위를 싣고 다니는 이는 없는가. 만일 있다면, 그건 단순한 착각이나 오만일 뿐만 아니라 언어 자체에 대한 불경이다. 그런 이는 작품이 자기의 것인 줄 안다. 그건 아니다. 언어 자체가 우리에게 뭔가를 말해주지 않으면 우린 아무 것도 말할 수가 없다. 언어 자체가 그걸 통해 뭔가 하고 싶은 '일'이 있는 것이다. 작품은 엄밀하게 말하자면 그 '일'을 위해 언어 자체가 말해주는 메시지의 받아쓰기다. 그러니 모든 작가는 자신의 작품 앞에서 겸손해야 한다. 모름지기 두려움을 느껴야 한다. 위의 인용을 보면 파스테르나크는 그걸 알았던 것 같다. 이런 대작을, 불후의 명작을 쓰고도 그 작품 안에 이런 철학을 숨겨놓은 걸 보면 그는 정말로 대단한 작가임이 틀림없다. 러시아는 아마 그가 러시아인임이 자랑스럽겠지만, 나는 그가 철학도였음이 자랑스럽다. 언젠가 바리키노와 유리아틴에도 한번 가보고 싶다. 유리도 토냐도 라라도 물론 거기에 없겠지만. 그래도.

발렌틴 체르니크
《모스크바는 눈물을 믿지 않는다》
시련과 고통에 대처하는 법

　친구들과 어울려 가끔씩 가는 '소리고을'이란 카페에서 식후의 차 한잔을 즐기고 있는데 BGM으로 저 소련 영화 〈모스크바는 눈물을 믿지 않는다(Москва слезам не верит)〉의 주제곡 〈알렉산드라(Александра)〉가 흘러나왔다. 아련한 감상에 젖어들었다. 나는 1980년 도쿄 유학 시절에 처음 그 영화를 봤는데 그 인상이 대단히 강렬했다. 아직 소련과 수교 전이라 그 관람 자체가 마치 '금지된 장난' 같은 느낌조차 없지 않았다. 그러나 작품 자체에 빠져들었다. 스토리, 배우, 메시지, 그리고 그 주제까지, 어디 하나 나무랄 데가 없었다. 중후한 남성적 느낌의 러시아어는 그 분위기에 더욱 무게를 실어줬다. 여주 카챠는 예뻤고 남주 고샤는 멋있었다.

　그리고 얼마 전 발렌틴 체르니크(Валентин Черных)의 원작소설이 있음을 알고 읽어보았다. 이런 경우 대개 그렇지만 두 시간짜리 영화에 다 담지 못하는 좋은 내용들이 원작에서는 무수히 많이 발견된다. 이 소설도 그랬다. 나는 몇 군데 인상적인 장면에다 일부러 책갈피를 끼워뒀다. 좀 길지만 그 토막들을 소개한다.

"사회가 점점 더 발전돼나아간다 해도 착한 사람이 대우받고 잘사는 시대가 올 것 같지는 않지만, 그래도 그런 사회의 도래를 목적에 두고 학문이 있어야 되겠고 도덕이 제 모습을 갖추어야 되리라고 생각하는 토냐는 바로 이 사람을 보자 더없이 행복감에 젖어들었다."

"발표자 명단을 두 번이나 훑어봤으나 자신의 이름을 확인할 수 없었을 때의 심정이란 다름 아닌 하늘이 노랗게 무너져내린 것 같았던 것이다. 카챠는 자신의 존재가 너무나 애처로워 보였고 가슴을 쥐어뜯는 고통은 단지 몇 방울 눈물로만 끝나지 않았다.

가난한 집에서 태어난 것이 원망스러웠다. 그녀는 제일 먼저 무능한 아버지를 탓했다. 그러나 그런 것으로 자신의 구겨진 마음이 복사꽃처럼 향기를 머금고 피어날 리 없었다."

"그녀는 스스로 해내야만 했다. 그래야만 대우를 받고 살 수 있는 것이다.

그녀의 몸속에 끊임없는 욕망이 활활 불타오르고 있었다. 인간의 역사는 한마디로 말해 도전의 역사다. 그리고 그 역사를 이끌어 나가는 주체는 다름 아닌 인간 자신인 것이다. 인간 해방이란 말은 얼마나 아름답고 매력적인 말인가.

카챠는 꼭 자기 자신이 뜻한 바를 제 힘으로 이루어내리라는 확신이 섰다. 사람이 하는 일인데 안 된다는 것은 거짓말이고 무력한 소치다. 하면 곧 이룰 수 있다는 신념으로 그녀의 마음은 강철같이 단단해졌다."

"카챠를 바로 세울 수 있는 것은 그의 정신력일 것이며 정신력은 끊임없이 현실적인 벽과 부딪침에서 오는 것일 거다.

페스탈로찌는 언젠가 그런 말을 했다. "장미는 많다. 그러나 가시 없는 장미는 없다"라고. '가시'가 뜻하는 의미를 인생이란 말로 바꾸어봤을 때 자연히 장미라는 단어는 성공이라는 말로 유추 해석될 수 있을 것이다. 장미는 결과이다. 물론 장미가 내포하는 뜻이 성립된다면 우리는 그 향기를 맡을 수도 있을 것이다. 한 송이의 장미가 그 강렬한 자태를 눈부시게 드러낼 때까지는 우리가 그와 같이 피어나자면 무수한 고통을 이겨내야 하는 법이다. 고통이란 사랑의 힘으로 감당해야 하는 그야말로 피와 땀의 앙금이다. 그 앙금 없이는 아무도 그의 인생을 꽃으로 피울 수는 없을 것이다. 자세히 보면 인간이란 말은 피와 땀으로 이루어져 있는지도 모른다. 그를 유지하는 가장 기본적인 원동력은 개개인이 그의 몫으로 흘리는 피와 땀이며 그것은 우주 속에서도 가장 값진 것이어야 한다.

거기까지 생각이 미친 카챠는 그것을 책과 어울리며 획득하겠다는 신념을 세웠다."

"카챠, 그만둬. 모스크바는 눈물을 믿지 않아. 필요한 것은 우는 게 아니라 행동이란 말이야."

제일 마지막 것은 사랑하는 고샤가 집을 나간 후 8일 동안 먹지도 못하고 울기만 하는 여주 카챠에게 그 절친인 토냐의 남편 니콜라이가 카챠에게 건네는 위로의 말이다. 이게 사실은 제목에도 반영된 이 작품 전체의 한 주제이기도 하다. 스토리는 대략 이렇다.

모스크바의 어느 공장 기숙사에서 시골 출신인 3명의 단짝 친구가 함께 지내고 있다. 이른바 공순이들이다. 똑똑하고 예쁘고 성실한 카챠는 두 번째 대입시험에 떨어졌고 얌전하고 어진 토냐는 엇비슷한 순진한 남자친구가 있고 허영과 자기주장이 강한 류다는 멋진 남자를 낚으려는 야망을 품고 있다. 어느 날 카챠의 먼 친척인 교수 아저씨가 한 달간 휴가를 떠나며 집을 카챠에게 맡긴다. 얼떨결에 같이 그 집에서 지내게 된 세 아가씨는 꿈같은 그 생활에 들뜬다. 그런데 류다가 사고를 친다. 교수 딸인 척하며 미팅을 주선하는 것이다. 거기서 카챠가 TV 카메라맨 루돌프를 만나면서 인생이 꼬이게 된다. 그와 사랑에 빠지지만 나중에 그녀의 진짜 신분을 안 속물 루돌프는 떠나간다. 그때 카챠는 임신 중이었다. 그녀는 혼자서 딸(알렉산드라)을 낳고 미혼모로 살아간다. 20년 후 카챠는 공장장이 되고 지방의회 의원이 된다. 그 성공 스토리를 취재하러 TV국에서 사람이 나온다. 그게 루돌프였다. 그동안 결혼과 실패를 거듭한 그는 자신의 딸이 있음을 알고 다시 카챠에게 다가온다. 그러나 카챠에게는 진심으로 사랑하는 고샤가 있다. 그는 멋있는 기술자지만 좀 가부장적이다. 루돌프의 방문으로 고샤는 카챠가 자기보다 신분이 높다는 걸 처음 알고 배신감에 집을 나간다. 그의 성도 주소로 직장도 몰랐던 터라 찾을 길도 없었다. 그로부터 8일간 카챠는 먹지도 못하고 울기만 한다. 착한 친구 토냐의 착한 남편 니콜라이가 위의 말을 남기고 찾으러 나선다. 수소문 끝에 마침내 그를 찾아낸다. 둘은 밤새 곤죽이 되도록 술을 마시며 대화를 나누고 친해진다. 다음 날 카챠 앞에 두 남자가 나타난다. 친구들은 (특히 니콜라이는 "가족 단위로 사귀자"는 말을 고샤에게 남기며) 모두 자리를 피해주고 카챠와 고샤는 딸 알렉산드라와 함께 다시 식탁에 둘러앉는다. 카챠와 고샤의 대화가 인상적이다. "… 무척 찾았어요." "뭐, 8일간인데." "그보다 훨씬 긴 시간이었어요." 그 대미에 저 〈알렉산드라〉의 OST가 잔잔하게 흐른다.

정말 명작이다. 그런데 이 작품엔 하나의 명쾌한 메시지가 있다. (소련식 사회주의 뭐 그런 것과는 아무 상관없다.) 인생의 고난(고통, 벽), 그리고 그 대처 방식, 특히 눈물은 그 답이 아니라는 것, '행동'으로 그리고 '사랑'으로 문제를 해결해야 한다는 것, 그런 것이다. 위에 인용된 장면들이 다 그것을 담고 있다. 그리고 연관된 가치들로서, 정신력, 도전, 신념, 피와 땀, 스스로 해냄, 제 힘으로 이루어냄 등이 그 행동을 장식한다. 이런 단어들이 중후한 러시아어를 통해 보석 같은 빛을 발하는 것이다. 아마 직접적인 상관은 없겠지만 여기엔 인간의 실존에 내재하는 한계상황을 지적하며 그것을 "우리가 거기에 부딪쳐 난파하게 되는 벽"이라고 규정한 야스퍼스의 철학도 녹아들어 있다. 우리는 인생을 살면서 얼마나 자주 그리고 얼마나 많이 그런 벽을 만나게 되는가. 그때마다 우리는 절망의 눈물을 흘리지만 그게 답이 아니라는 건 웬만큼 살아본 사람들은 대개 다 알고 있다. 그래서 이 작가 체르니크의 이 메시지가 우리의 가슴에 무겁게 다가오는 것이다. 그렇다. 모든 경우는 아니겠지만, 우리의 정신력, 도전, 신념, 피와 땀, 스스로 해냄, 제 힘으로 이루어냄 등은 적어도 일정 부분 그 벽을 깨는 망치가, 혹은 그 벽을 넘는 사다리가 되어줄 수 있다. 그리고 하다 보면 저 니콜라이처럼 대신 나서줄 친구도 만나게 된다. 그게 인생의 묘미다.

고난이 닥쳐왔을 때, 눈물만 날 때, 체르니크의 이 말들을 가슴속에서 소환해보자. 그리고 영화를 보든가 〈알렉산드라〉를 들어본다. 아마 한순간의 위로는 되어줄 것이다. "한 송이의 장미가 그 강렬한 자태를 눈부시게 드러낼 때까지는, 우리가 그와 같이 피어나자면, 무수한 고통을 이겨내야 하는 법이다. 고통이란 사랑의 힘으로 감당해야 하는 그야말로 피와 땀의 앙금이다. 그 앙금 없이는 아무도 그의 인생을 꽃으로 피울 수는 없을 것이다." 명언이 아닐 수 없다. 행동으로 고통을 이겨내고 인생을 꽃으로 피우자. 눈물은 답이 아니다. 어디 모스크바 뿐이겠는가. 서울도 눈물을 믿지 않는다.

빅토르 최 〈우리는 변화를 원한다〉

변화

　　대학원 수업에서 헤라클레이토스를 강독하다가 "모든 것은 흐른다(panta rhei)"라는 저 유명한 문구를 설명하며 "많은 철학 교과서들이 이걸 '변화'라는 말로 축약하며 파르메니데스가 말한 존재의 '불변'과 대비시킨다. 그런데 그런 도식화는 신중하지 않으면 안 된다. 양자의 원래 의미를 모두 왜곡할 위험이 있다. '헤'도 불변의 로고스를 강조하고 있는 만큼, '헤'와 '파'는 반대가 아니라 오히려 그 역이다"라고 말해주었다. 그랬더니 나이 든 한 똘똘한 학생이 "모든 것은 흐른다는 게 불변하는 로고스에 따르는 것이라면 〈우리는 변화를 원한다〉는 빅토르 최의 노래는 어떻게 이해해야 되죠? 변화를 원하고 자시고 할 여지도 없는 거 아닙니까?" 그런 취지의 질문을 했다. 나는 일단 'good question!'이라고 칭찬을 한 뒤, "'모든'이라는 말을 미시적이 아니라 거시적인 혹은 결과론적인 의미로 이해하면 그 의문이 풀릴 수 있다. 그리고 '원함'이라는 인간의 의지가 비로소 변화를 가능케 하는 사태 영역이 있다, 인간의 사회적-역사적 현실이, 아니 그 이전에 개인적 생의 현실이 그런 것이다"라는 설명을 덧붙여줬다.

수업이 끝나고 빅토르 최(Виктор Робертович Цой)의 그 노래 〈우리는 변화를 원한다(Хочу перемен!)〉를 찾아서 다시 들어봤다. 러시아가 비틀즈보다 더 좋아한다는 말에 납득이 갔다. 매력이 있었다. 특히 러시아어 특유의 그 중후함, 무게! 그리고 빅토르의 그 묘한 표정과 눈빛! 그리고 저 가사!

따뜻함 대신에 초록 유리가
불 대신에 연기가
달력의 하루가 찢어졌다
붉은 태양은 모두 타버리고
하루가 태양과 함께 타버린다
불타는 도시에 그림자가 드리운다

(이하 후렴)
변화를! 우리의 가슴은 요구한다
변화를! 우리의 눈동자는 요구한다
우리의 웃음과 눈물과
우리의 고동치는 핏줄에
변화를!

우리는 변화를 요구한다

전깃불이 우리의 낮을 늘이고

성냥갑은 비어져 있지만

부엌에는 푸른색 가스불이 타고 있다

손에는 담배를 식탁 위엔 차를

간단한 일이다

더 이상 필요한 것은 없다

모든 것은 우리 안에 있다

(후렴)

우리의 눈동자가 항상 지혜에 가득 차 있다고 할 수는 없고

우리의 손이 항상 숙련된 것도 아니지만

서로를 이해하는 데엔 그러한 것은 필요하지 않다

손에는 담배를, 식탁 위엔 차를

그렇게 처음은 끝이 되는 것이고

우리는 갑자기 변화를 두려워하게 된다

(후렴)

Вместо тепла зелень стекла,

Вместо огня дым.

Из сетки календаря выхвачен день.

Красное солнце сгорает дотла,

День догорает с ним.

На пылающий город падает тень.

(이하 후렴)

Перемен требуют наши сердца,

Перемен требуют наши глаза,

В нашем смехе и в наших слезах,

И в пульсации вен

Перемен!

Мы ждем перемен.

Электрический свет продолжает наш день

И коробка от спичек пуста.

Но на кухне синим цветком горит газ.

Сигареты в руках, чай на столе,

Эта схема проста.

И больше нет ничего, все находится в нас.

(후렴)

Мы не можем похвастаться мудростью глаз

И умелыми жестами рук,

Нам не нужно все это, чтобы друг друга понять.

Сигареты в руках, чай　на столе,

Так замыкается круг.

И вдруг нам становится страшно что-то менять.

(후렴)

아닌 게 아니라 그렇다. 우리의 '원함'이, 즉 의지가 우리의 현실을 변화시키기도 한다. 저 유명한 마르크스의 구호, "만국의 노동자여 단결하라!"라는 것도 그런 '원함', '의지'의 표현이었을 것이다. 그것이 결과의 좋고 나쁨을 떠나 유럽과 러시아, 아니 세계의 변화를 초래한 것은 부인할 수 없는 사실이다. 그런데 참 아이러니하게도 그 변화의 결과인 러시아-소련에서 빅토르는 또다시 변화를 원한다고 외친 것이다. 하기야 그게 역사의 변증법이다. 어떤 아(我: Ich)에 대한 비아(非我: Nicht-Ich)는 필연적으로 다시 또 다른 비아에 직면하는 게 운명이고 법칙이다. 정(These)에는 반(Antithese)이 있고 그 양자가 합(Synthese)이 되었다가 다시 반으로 다시 합으로 변화된다. 그런 변화의 구조는 역사 속에서 되풀이된다. 그게 피히테와 헤겔과 마르크스가 알려준 변증법이었다.

빅토르의 노래는 그 구체적인 순간의 한 장면을 보여주는 것이다. '우리는 원한다!'는 비아-안티테제의 시작이다. 그것은 현재의 현실 즉 아-테제가 내포한 모순에서, '문제'에서 비롯된다. 빅토르의 노래는 그 모순을 '초록 유리, 연기, 찢어졌다, 타버린다, 그림자' 등의 단어로 표현한다. 이것들은 다 '따뜻함, 불, 하루, 붉은 태양, 불타는 도시'라고 하는 '정상적 상태, 바람직한 상태'에 대비되는 '문제적 상태'다. 그것은 모순이고 더 구체적으로는 고통이다. 그래서 빅토르는 '변화를 원한다'고 외친 것이고, 소련의 대중들은 그의 이 노래에 열광했던 것이다.

애석하게도 그는 소련의 붕괴라는 그 변화를 목격하지 못하고 그 직전에, 더욱이 할아버지의 고향 한국 공연을 앞두고 교통사고로 세상을 떠났다. KGB의 공작이라는 설도 있으나 확인할 길은 없다.

그런데 나는 생각해본다. 이런 원함, 변화의 희구는 러시아 만의 전유물이 아니다. 우리 한국의 기나긴 역사도 그런 것이었다. 특히 현대사는 더욱 그런 것이었다. 저 3·1도, 4·19도, 5·16도, 6·10도, 5·18도…, 다 그런 깃발이었고 외침이었다. 그 결과가, 지금 우리가 향유하는 산업화와 민주화라는 변화였다. 그런데 우리는 이 '변화(перемен)'라는 것이 끝임없는 반복임을 잊지 말아야 한다. 그것은 영원히 타고 있는 불인 것이다. 그 불은 모순을 연료로 삼아 타오른다. 지금 우리가 안고 있는 이 산더미 같은 문제들을 생각해보라. 청년 실업, 이른바 3포 아니 '다포', 양극화, 저출산, 미투, 갑질, 그리고 미세먼지 등 도저히 안주할 수 없는, 암 같은 모순들인 것이다. 그래서 우리는 지금도 '변화'를 외치지 않으면 안 된다. (안주를 경계하지 않으면 안 된다. "간단한 일이다. 더 이상 필요한 것은 없다. 모든 건 우리 안에 있다. 손에는 담배를, 식탁 위엔 차를, 그렇게 처음은 끝이 되는 것이고, 우리는 갑자기 변화를 두려워하게 된다." 그게 일반적 경향이고 또한 현실이기 때문이다. 그래서 더욱 '변화'의 외침이 요구되는 것이다.) 그것을 위한 따뜻한 '연대'는 굳이 저 리처드 로티를 동원하지 않더라도 필요한 철학적 진리에 속한다. 그것을 위해 우리는 서로를, 나만이 아닌 우리 모두를 '이해'하지 않으면 안 된다. "우리의 눈동자가 항상 지혜에 가득 차 있다고 할 수는 없고 / 우리의 손이 항상 숙련된 것도 아니지만 / 서로를 이해하는 데엔 그러한 것은 필요하지 않다." 가슴, 눈동자, 웃음과 눈물, 그리고 고동 치는 핏줄, 그런 것을 보는 눈빛, 그런 것을 듣는 귀만 있으면 된다. 빅토르의 노래는 그런 눈빛, 그런 귀였다. 그가 고려인이라는 사실이 새삼 자랑스럽다. 모스크바와 레닌그라드(현재 상트페테르부르크)에 있다는 그의 추모벽에 언젠가 한번 가보고 싶다.

Ⅳ 🇪🇺 유럽편

단테 알리기에리《신곡》
죄와 벌

몇 년 전 미국 보스턴에서 지낼 때 고등학교 동창들을 만나러 뉴욕에 간 적이 있다. 40여 년 만이라 너무너무 반가웠고 40여 년간의 이야기 보따리를 푸느라 저녁 어둠이 찾아드는 것도 몰랐다. 그때 한 친구에게서 뜻밖의 이야기를 들었다. 그가 미국에 온 계기가 '사기' 덕분이라는 것이다. 응? 사연은 이랬다.

원래 좀 '크게' 놀던 그는 대학 졸업 후 평범한 회사원 생활에 만족하지 못하고 사업을 꿈꾸고 있었는데, 비슷한 생각을 가진 사람을 만나 동업을 하기로 했다는 것이다. 그는 자금을 대고 그 사람은 상속받은 건물을 제공하기로 했다. 그는 회사를 때려치우고 어렵게 모은 거금을 그 사업에 몽땅 쏟아부었다. 그런데 어느 날 그 사람이 그 돈을 챙겨서 어디론가 '튀어'버렸다는 것이다. 상속받았다는 건물도 새빨간 거짓말이었다. 그는 완전히 당한 것이다. 잠적한 그 사람은 중국인지 베

트남인지 어딘가로 숨어버려 경찰도 찾을 길이 없다고 했다. 그는 세상이 너무나 싫어져 한동안 실의 속에 술만 퍼마시다가 이대로는 안 되겠다, 이를 악물고 모든 걸 새로 시작하기로 했고 미국행을 결심했다는 것이다. 지금 그 친구는 맨해튼에 체인점 여러 개를 거느린 사장님이 되었으니 성공 신화의 주인공이라 해도 지나침이 없을 것이다.

"그 자식 지금 어디 처박혀 있는지, 죽었는지 살았는지, 하여간 그런 놈은 천벌 받아야 해…" 그런 소리를 들으며 나는 저 희대의 사기꾼 조희팔을 떠올리기도 했다. 그도 무려 3만여 명으로부터 무려 4조 원의 돈을 떼어먹고 중국으로 달아나 숨어 살다가 벌도 아닌 심근경색으로 죽었다고 하는데, 그가 진짜로 죽은 건지 그것조차도 사실인지 사기인지 지금도 명확하지가 않다고 한다.

나는 지금도 가끔씩 그 사기꾼들의 죄와 벌을 생각해본다. 그들은 그 죄를 죄로 생각했을까? 그리고 그 벌을 받았을까? 왠지 아니라는 생각이 들고는 한다. 우리의 현실이 그렇기 때문이다. 세상엔 지금도 엄청난 범죄들이 넘쳐난다. 심지어 살인도 비일비재다. 묻지마 살인도 있다. 성추행이나 갑질 따위는 범죄 축에도 못 드는 형국이다. 뉴스에 비치는 그들의 표정에 죄의식은 잘 비치지 않는다. 그리고 그들이 다 그 죄에 상응하는 벌을 받고 있는 것 같지도 않다. 심지어 저 끔찍한 전쟁범죄조차도 그럴진대 다른 건 물어 무엇하랴. 이건 모순이다. 우리의 이성은 이런 모순을 잘 납득하지 못한다. 이른바 '복역'을 하면 '죗값을 치렀다'고도 하지만, 그들에게 뭔가를 당한 피해자들 입장에서 보면 '납득할 만한 형벌'이란 세상에 존재하지 않는다. 그래서 아마 저 인도인들은 '업보'라는 개념을 생각해냈을 것이고, 저 독일의 칸트는 '실천이성의 요청'을 생각해냈을 것이다. 그래서 후생에서의 고통, 불멸의 영혼에 대한 신의 처분 같은 걸 기대했을 것이다.

계기가 있어, 고등학생 때 대충 훑어봤던 단테(Dante: Durante degli Alighieri)의 《신곡(Divina Commedia)》을 다시 읽으며 이런 주제들이 머릿속에 되살아났다. 작품 속에서 단테는 로마의 대시인 베르길리우스(Publius Vergilius Maro)의 영을 만나 그의 안내로 지옥과 연옥을 두루 둘러본다. 그 '지옥편 제11곡'에 이런 장면이 나온다.

옥마다 저주받은 망자들로 가득 차 있는데 […]
그자들이 갇히게 된 사연과 광경을 들어두도록 해라.

하늘의 미움을 사는 모든 악의의 목적은
부정을 행하는 데에 있다. 그러한 목적을
폭력이나 사기로써 이루기 때문에 남에게 폐가 되는 것이다.
더구나 사기는 인간 고유의 악이므로
특히 주님의 노여움을 산다. 그런 만큼 사람을 속인 자는 지옥에서 그만큼 심한 고통을 당하는 것이다.

제1옥에는 폭력을 쓴 자가 가득 있다.

폭력을 가하는 대상에는 삼자가 있으므로

세 개의 원으로 뚜렷이 구별되어 있다.

신, 자기, 타인, 그 사람과 그 소유물에 대해

폭력을 휘두르는 수가 있다.

자명한 이치이다. 너에게도 납득이 가리라.

폭력으로 남을 죽이거나

중상을 입히거나, 타인의 소유물을

불태우거나 멸망시키거나 횡령하거나 하는 자가 있는데

살인자나 고의로 나쁜 짓을 한 자,

파괴나 약탈을 일삼는 자는 모두

이 제1원에서 죄에 따라 벌을 받는다.

인간은 자기 스스로 자기 자신과 또는

자기 재산에 대해서 폭력을 가할 수가 있다.

때문에 현세에서 스스로 목숨을 끊는 자며

노름하느라 재산을 탕진한 자는

본래 같으면 행복해야 할 곳에서 눈물로 세월을 보냈던 것인데

제2원에 와서는 결국 아무 보람도 없이 후회를 해야만 된다.

하느님에 대해 폭력을 행하는 일이 있을 수도 있다.

마음속으로 신성을 부정하고 모독하여

자연과 신의 혜택을 멸시하는 것이 바로 그것이다.

그렇기 때문에 제일 좁은 원에서

소돔(남색자)이며 가오르사(고리대금업자)이며

마음으로 신을 멸시하고 입으로 신을 모독한 자에게

낙인이 찍히는 것이다.

여기서 단테는 베르길리우스의 입을 통해 사기, 폭력, 살인, 악행, 파괴, 약탈, 자살, 노름, 신성모독, 남색, 고리대금 등의 죄를 거론하며 이 지옥에서 "죄에 따라 벌을 받는다"고 알려준다. 이것은 일부분이지만 작품 전체에는 인간들이 현세에서 저지르는 온갖 죄들과 저 지옥에서의 가혹한 처벌들이 끔찍할 정도로 묘사된다. 애당초 지옥 구경이라는 이 작품의 의도가 그것이었을 것이다. '나쁜 자들아, 겁 좀 먹어라.' 그런 것.

그런데 단테는 왜 군이 이런 작품을 썼던 걸까? 짐작건대 아마 그때 거기서도, 즉 13-14세기의 이탈리아에서도 죄는 넘치고 벌은 부족하다는 걸 통감했기 때문이 아니었을까? 그 시간과 공간의 거리, 간격, 그때 거기서 그랬던 것이 지금 여기서도 똑같이 그렇다는 것은 그 사실 자체로 그 현상의 시간적-공간적 보편성을 알려준다. 죄의 넘침과 벌의 모자람은 보편적 현상, 즉 다시 말해 인간의 운명인 것이다. 어찌 보면 이 세상의 인간들에게는 저 카인에 의한 죄악의 DNA가 영구히 유전되고 있는 건지도 모르겠다.

그러면 어쩔 것인가. 우리는 저 단테처럼 지옥, 연옥 운운하면서 나쁜 자들을 겁줄 수밖에 없는가. 나쁜 자들은 이미 그런 소리에 겁을 먹지도 않는다. 콧방귀도 뀌지 않는다. 오히려 나쁜 자들이 더 잘난 체 행세하는 세상이다. 온갖 나쁜 짓으로 돈을 벌고 높은 자리에 오른다. 심지어 감옥조차도 그들은 두려워하지 않는다.

그러면 어쩔 것인가. 우리는 저들을 그냥 지켜볼 수밖에 없는가. 그럴 수는 없다. 아마 방법이 없지는 않을 것이다. 우리는 그 방법을 찾아봐야 한다. 물론 백방을 다해 죄악을 원천 차단하는 것이 최선이겠지만, 그게 쉽지는 않을 것이다. 그래도 찾아봐야 한다. 어쩌면 저 수많은 고전들이 나름대로 그 방법을 알려주고 있을 것이다. 단테의 《신곡》도 아마 그중 하나일 것이다. 나쁜 자들이 이것을 읽고 조금이라도 겁을 좀 먹어준다면 더할 나위 없다. 희망을 버리지는 말자. 혹시 모르지 않는가. "주님의 깊은 뜻은 우리의 이해가 미치지 않는 곳에서 이런 화를 복으로 바꾸실 준비를 갖추고 계실"지도(연옥편 제6곡).

미겔 데 세르반테스 《돈 키호테》
정상과 비정상

1990년대 초, 그때는 나도 아직 30대의 젊은이였다. 처음 독일을 경험하고 느낀 바 있어 〈세계 앞에서 미래 앞에서〉라는 글을 쓴 적이 있다. 우리 사회의 부끄러운 문제들을 지적하면서 진정한 선진사회로 나아가야 하지 않겠느냐는 취지였다. 그게 어찌어찌해서 대학신문에 게재되었다. 그런데 그 며칠 후 복도를 지나가다가 깜짝 놀랐다. 내 바로 옆 연구실 출입문에 그 기사가 대문짝만한 크기로 확대 복사되어 붙어 있는 게 아닌가! 좀 민망하기도 했지만 너무너무 고마워 일과 후에 그 교수님 방을 똑똑 노크했다. 백발 홍안의 그분은 만면에 미소를 띤 채 반갑게 나를 맞이해줬다. 너무너무 공감이 돼서 그냥 있을 수가 없었다는 말씀이었다. 과분한 칭찬에 좀 몸둘 바를 몰랐다.

그런데 이분은 우리 직장에서 '돈키호테'로 소문난 분이었다. 내가 보기에도 확실히 좀 '괴짜' 끼가 있긴 했다. 그러나 적어도 내가 보기에는 이분이야말로 극히 정상이었다. 이분은 지방의 한 평범한 대학을 나와 젊은 시절 카투사에 근무했고 그게 인연이 되어 미국으로 건너가 공부를 마쳤다. 그 후 미국 대학의 교수가 되었고 테뉴어로 정년 보장까지 받았다. 그런데 그토록 좋은 그 조건을 집어던지고 고국의 한 지방대학으로 옮겨온 것이다. 단순한 향수가 아니었다. 그분은 남다른 애국심의 소유자였다. 그분에게는 꿈이 있었다. 한국을 당신이 경험했던 미국 수준으로 끌어올리고 싶어 했다. 특히 경향의 격차, 중앙 집중, 그리고 대학의 부실을 몹시도 안타까워했다. 그래서 일부러 지방대학을 택하였고, 이 '좀 가능성 있어 보이는' 대학을 미국의 MIT처럼 만들어보고자 했다. 국내의 현실을 생각하면 황당하기 그지없는 꿈이었다. 그런데 그분은 이 꿈을 실현시키겠노라고 총장 선거에도 출마하였다. 연고도 없는 터라 결과는 물론 참패였다. 그 과정에서 영광스럽게도(?) 돈키호테라는 별명을 얻게 된 것이다. 그럼에도 그분은 꿋꿋이 자기 자리에서 최선을 다하며 정년을 맞았고, 정년 후 자녀들이 있는 미국으로 되돌아갔다.

그분은 내게 '돈키호테'를 다시 생각하게 만든 계기가 되었다. 세르반테스(Miguel de Cervantes Saavedra)의 《돈 키호테(Don Quijote de la Mancha)》에 나오는 그 돈 키호테가 과연 우리가 보통 생각하는 그런 '돈키호테'였을까? 괴짜, 미친 사람이었을까? 그게 아니라는 건 이제 웬만큼 글을 읽은 사람에겐 상식이 되어 있다. 표면상의 엉뚱한 행동들(예컨대, 일개 향사가 스스로 기사인 줄 아는 것, 악당들을 혼내주러 길을 떠나는 것, 당나귀 로시난테를 명마로 착각하고 시골 처자를 공주 둘시네아로 착각하고 풍차를 거인으로 착각하는 것 등등)이 이른바 '비정상'의 절대적 평가기준이 될 수 없다는 걸 이 작품의 돈 키호테는, 그리고 작가 세르반테스는 너무나 잘 보여준다. 사실 많은 말도 필요없다. 작품 속에서 돈 키호테 본인이 하는 이런 말만 들어봐도 우리는 그가 비범한 인물일지언정 비정상은 아니라는 걸 곧바로 알 수 있다.

"누가 미친 거요? 장차 이룩할 수 있는 세상을 상상하는 내가 미친 거요, 아니면 세상을 있는 그대로만 보는 사람이 미친 거요?"

세르반테스는 이렇게 두 개의 태도를 나누고 있다. '장차 이룩할 수 있는 세상을 상상하는 것', 그게 어찌 미친 짓이란 말인가. 있는 그대로의 세상, 그것에 안주하지 않고 더 나은 세상을 꿈꾸는 게 어찌 괴짜 짓이란 말인가. 그게 저 세르반테스가 《돈 키호테》를 통해 말하고 싶었던 핵심 메시지였다. 그런 점에서 세르반테스는 저 니체의, 그리고 돈 키호테는 저 차라투스트라의, 혹은 초인의 선구일 수도 있다. 그들은 '현상'을 넘어서고자 하는 것이다. 더욱이 돈 키호테는 그 구체적인 지침도 말하고 있다. 그건 더욱 감동적이다.

그것은 진정한 기사의 임무이자 의무

아니! 의무가 아니라, 특권이노라

불가능한 꿈을 꾸는 것

무적의 적수를 이기며

견딜 수 없는 고통을 견디고

고귀한 이상을 위해 죽는 것

잘못을 고칠 줄 알며

순수함과 선의로 사랑하는 것

불가능한 꿈속에서 사랑에 빠지고

믿음을 갖고, 별에 닿는 것

Es la misión del verdadero caballero. Su deber.

¡ No! Su deber no. Su privilegio.

Soñar lo imposible soñar.

Vencer al invicto rival,

Sufrir el dolor insufrible,

Morir por un noble ideal.

Saber enmendar el error,

Amar con pureza y bondad.

Querer, en un sueño imposible,

Con fe, una estrella alcanzar.

나는 이 괴짜가 한 이 말의 행간에서 무수한 위인들의 얼굴이 언뜻언뜻 비치는 것을 감지한다. 예수가 그랬고 부처가 그랬고 공자가 그랬고 소크라테스가 그랬다. 아니, 뭐 그 정도까지는 아니더라도 우리가 아는 저 뉴턴이나 아인슈타인도 그랬고 빌 게이츠도 스티브 잡스도 그랬다. 그런 이들이 하나둘이 아니다. 누가 그들을 미쳤다 할 수 있는가. 누가 그들을 비정상이라 할 수 있는가. 지극히 정상, 정상 중의 정상, 진정한 정상이 바로 그런 것이다. 세르반테스의, 그리고 돈 키호테의 눈으로 보면 오히려 지금 이 세상이 온통 다 비정상이다. 불가능한 꿈은 아예 꾸지도 않고, 무적의 적수에게는 바로 꼬리를 내리고, 견딜 수 없는 고통은 지레 피하고, 고귀한 이상 따위는 가져본 적이 없고, 잘못을 고치기는커녕 잘못을 잘못인 줄도 전혀 모르고, 순수함, 선의, 사랑, 그런 건 애당초 사전에 없고, 믿음은 의심에게 팔아 넘긴 지 오래고, 별에 닿으려야 하늘엔 미세먼지가 가득해서 그리고 환락의 조명빛에 가려서 별 구경 자체를 할 수가 없다. 이런 게 우리의 '있는 그대로의 세상'이다. 이런 문제들이 바로 이 세상의 풍차들이다. 그런데 이런 것들의 위력이 요즘 너무 세다. 거대 풍차다. 엄청난 거인이다. 그래서 지금이야말로 우리에게는 돈 키호테가 필요한 것이다. 타고 갈 로시난테도 길동무 산초도 그리고 가슴 설레게 하는 둘시네아도 필요하다. 어디 없을까? 우리의 돈 키호테는. '자, 돌격하자. 저 거인을 무찌르자. 만국의 돈 키호테들이여, 단결하라!' 그런 돈 키호테의 외침이 기다려진다.
단, 자본의 앞잡이, 돈밖에 모르는 가짜 '돈'키호테들은 사양
이다. 그들은 오히려 무찔러야 할 풍차 자체다.

　미국으로 되돌아가신 그 돈키호테 교수님이 잠시 그리워진
다.

윌리엄 셰익스피어 《리어왕》
최선의 의도와 최악의 결과

선배 교수 중 한 분이 셰익스피어(William Shakespeare) 전공이라 귀한 이야기를 가까이서 들을 수 있는 기회가 있었다. 강의실이 아닌 찻집에서 이런 이야기를 들으면 더욱 실감이 나는 법이다. 언젠가 함께 식사를 하고 찻집에서 담소를 나누다가 《리어왕(King Lear)》이 화제에 올랐다. 대학생 때 대충 읽은 이후 까맣게 잊고 있던 그것이 그렇게 다시 나의 관심에 소환되었다.

나이가 들자 세 딸에게 효심 고백 대결을 시켜 왕국을 나눠 주고 자신은 편안한 여생을 보내려는 리어왕. 그러나 가장 멋진 고백을 하리라 예상했던 착한 막내딸 코델리아는 입을 다물어 아버지의 기대를 저버리고 반면 감동적으로 효심 고백을 한 두 딸은 원하는 것을 얻은 후 결국 아버지를 배신한다. 리어왕은 권위와 자녀 등 모든 것을 잃고 실성한 채 광야를 헤매게 된다. 마침내 자신이 매몰차게 내쫓았던 막내딸과 재회해서 자신의 잘못에 대한 용서를 구하지만 이내 막내딸의 주검 앞에서 울부짖으며 자신도 생을 마감한다.

유명할 만큼 유명한 그 비극을 환기시키며 그 선배 교수님은 자신이 가장 좋아한다는 대사 한 구절을 소개했다. 《리어왕》 5막 3장에 나오는 저 명대사였다.

"최선의 의도로 최악의 결과를 초래한 것이 우리가 처음은 아니에요."

("We are not the first who with best meaning have incurr'd the worst.")

다사다난했던 2017년을 되돌아보며 느닷없이 이 말이 다시 떠올랐다. 함께 감옥에 갇힌 딸 코델리아가 아버지 리어왕에게 위로 삼아 건네는 말이다. 참으로 진리가 아닐 수 없다. 다시 한 번 셰익스피어에게 고개가 숙여졌다. 그는 어떻게 이런 묵직한 진리를 알게 된 것일까? 경의를 표하지 않을 도리가 없다.

나는 삶의 과정에서 수도 없이 이런 경우를 보아왔다.

내 친구 S는 저 아득한 대학 시절 좋아하던 한 여학생을 뒤

좇아 미국으로 유학을 떠났다. 생략하지만 소설보다 더 소설 같은 아름다운 러브스토리가 있었다. 그는 미국에서 마침내 그 사랑을 이루었고 둘은 축복 속에 결혼했다. 두 아들을 두었다. 그런데 우리 시대의 흔한 풍경이기도 하지만 그는 학위를 받은 후 아이들의 교육을 위해 홀로 외로운 귀국을 감행했다. 기꺼이 기러기 아빠가 되기로 한 것이다. 그로서는 그게 최선의 의도였다. 그러나 그 외로움을 술로 견디다가 이 친구는 결국 쓰러지고 말았다. 그의 부인도 그의 아이들도 완전히 무너졌다. 그가 기대했던 행복은 산산조각이 나고 말았다. 최악의 결과였다. 그게 내가 목격한 마지막 모습이었다. 그가 빠진 그 후일담(sequel)이 없지는 않겠지만 그것은 아직 전해 듣지 못하고 있다. 있다 한들 그게 죽어버린 그에게 더 이상 무슨 의미이겠는가.

비슷한 이야기다. 내 지인의 지인인 N은 역시 아이를 위해 미국으로 조기 유학을 보냈다. 그런데 견디지를 못하고 많은 상처를 안은 채 결국 서울로 되돌아왔다. 그런데 서울에서는 이미 공부를 따라갈 수가 없었다. 그는 소위 왕따를 경험했고 그 상황을 견디지 못하고 미국에서 해봤던 마약에 다시 손을 댔다. 경찰에 들통이 났다. 그의 인생은 완전히 망가졌다. 최선의 의도가 최악의 결과를 초래한 것이다. 역시 그 후일담이 있겠지만 그것이 저 최선의 의도가 기대했던 그 어떤 행복의 장면이 아닌 것은 분명할 것이다.

이른바 선의는 삶의 모든 장면에 넘쳐난다. 누구나가 좋은 의도를 가지고 무언가를 한다. 그 모든 것이 기대했던 최선의 결과를 초래한다면 더할 나위 없겠지만, 삶의 현실에서는 실제로 그런 경우가 너무나도 드물다. 꼭 최악의 결과는 아닐지라도 좋은 의도가 좋지 못한 결과를 초래하는 경우는 너무나도 흔하다. 그래서 가련한 우리 인간에게는 위로가 필요한 것이다.

"우리가 처음은 아니랍니다." 다른 누구도 아닌 셰익스피어의 입에서 이런 말이 들린다면 그건 작지 않은 위로가 된다. '아, 나만 그런 게, 우리만 그런 게 아니로구나. 이런 게 세상의, 인생의 이치로구나.' 그건 저 쇼펜하우어가 말했던 이른바 '공감'의 기전처럼 우리에게 고통으로부터 벗어날 수 있는 작은 통로를 하나 열어준다. 고전의 힘이란 그런 것이다.

지금도 우리의 이 삶의 세계에서는 누군가가 최선의 의도로 무언가를 기획하고 실행한다. 그러나 아마도 바로 그 최선의 의도 때문에 최악의 결과를 초래하는 경우가 없지 않을 것이다. 그것이 저 리어왕과 코델리아처럼 차디찬 감옥인 경우도 없지 않을 것이다. 그런 사람들에게, 할 수만 있다면 셰익스피어의 이 말을 전해주고 싶다. 그리고 이 말이 그 감옥의 냉기를 한순간 잊게 하는 작은, 따뜻한 위로가 될 수 있다면 좋겠다.

막스 뮐러《독일인의 사랑》
왜 사랑하는가

나는 40년 이상 철학에 종사해왔고 누구보다 철학을 좋아하지만, 철학에는 하나의 결정적인 약점이 있다. 그것은 말이 너무 많고 더욱이 그 말이 너무 어렵다는 것이다. 그래서 나는 때로 철학적 주제를 논하기 위해 철학 대신 문학이나 음악을 동원하곤 한다. 문학이나 음악은 번잡한 설명 없이 곧바로 우리를 본질의 한복판으로 데려다주는 힘이 있다. '사랑'이라는 주제는 특히 그런 것 같다.

오랜만에 대학 시절 대충 읽다가 만 막스 뮐러(Max Müller)의 소설《독일인의 사랑(Deutsche Liebe)》을 다시 읽었다. 뒤통수를 맞은 느낌이 들었다. 이야기의 마지막 부분에서 주인공 '나'와 '그녀(마리아)'가 대화를 나누는데, 그 내용이 '철학보다 더 철학' 같았기 때문이다. '그녀'가 이렇게 묻고 '나'는 이렇게 답한다.

"그런데 어째서 당신은 나를 사랑하나요?"

"어째서냐구요? 마리아! 어린아이에게 어째서 태어났는지 물어봐요. 꽃에게 어째서 피어 있는지 물어봐요. 태양에게 어째서 빛나는지 물어봐요. 나는 당신을 사랑하지 않을 수 없기 때문에 사랑하는 거예요."

("Und warum liebst du mich?"

"Warum? Maria! Frage das Kind, warum es geboren wird — frage die Blume, warum sie blüht — frage die Sonne, warum sie leuchtet. Ich liebe dich, weil ich dich lieben muß.")

더 이상 무슨 말이 필요한가. 그래도 설명이랍시고 뭔가 철학적인 수사를 보탠다면 그건 결국 군더더기에 불과하다. 사랑이란 그런 것이다. 나비가 꽃을 찾는 것처럼, 물이 아래로 흐르는 것처럼, 사랑이란 그냥 자연이고 운명인 것이다. 나는 체험적으로 이 말이 진리임을 확고히 보증할 수 있다. 그뿐만이 아니다. 작가는 주인공 '나'를 통해 이런 문구를 소개한다.

"가장 좋은 것이 우리에게 있어 가장 사랑하는 것이 되어야 한다. 그리하여 우리의 사랑에 있어서는 유용과 무용, 또는 이익과 손해, 소득과 상실, 명예와 불명예, 칭찬과 비난, 그 밖에 모든 그런 종류의 일을 고려해 넣어서는 안 된다. 가장 고귀하고 가장 좋은 것이, 다만 그 고귀함과 좋음으로 인하여 우리의 가장 사랑하는 것이 되어야 한다. 사람은 이 규범에 따라 외면적으로나 내면적으로나 그 생활을 다스려야 한다."

사랑은 오직 그 자체의 좋음 때문에 성립하는 것이지 다른 무엇 '때문에' 하는 것이 아니라는 말이다. 이 말에는 철학적인 함의가 있는 것이다. '역시 독일인…' 하고 나는 중얼거리게 된다. 거기에 '나'는 결정적인 한마디를 더 추가한다.

"신은 당신에게 고통스러운 삶을 주셨어요. 그러나 신은 또 당신에게 나를 주셔서 고통을 나누어 갖게 하시려는 거예요. 당신의 고통은 곧 나의 고통이 되어야 해요. 우리 함께 그것을 짊어져요."

사랑은 고통을 나누어 갖는 것임을 그는 알려준다. 너무나 명백한 진실이다. 상대의 고통을 함께하지 않으면 그건 사랑이 아닌 것이다. 실은 기쁨도 그렇다.

언젠가 나는 말한 적이 있다. "사랑이란 무엇인가. 그것은 그/그녀의 아픔을 나의 아픔보다 더 아파하는 그 마음이다. 그/그녀의 기쁨을 똑같은 크기로 함께 기뻐하는 그 마음이다. 사랑이란 무엇인가. 그것은 그/그녀의 표정이 곧 나의 날씨가 되어버리는 그 하늘이다."

밀러의 저 소설을 직접 읽어본 사람은 알겠지만 두 주인공의 대화는 어린 시절의 첫사랑인 '그녀'가 병으로 죽기 직전에 이루어진 것이었다. 그녀는 "나는 당신의 것이에요(Ich bin dein)"라는 말로 사랑을 확인하며 행복하게 눈을 감았고, "당신의 것은 나의 것, 당신의 마리아(Was dein ist, das ist mein. Deine Maria)"라는 편지를 남겼다. '나'가 어린 시절 마리아에게 했던 바로 그 말이었다. 비록 죽음이 두 사람을 갈라놓았지만 둘은 서로가 서로의 것이 된 것이다. 그렇게 사랑은 완성되었다.

이런 '독일인의 사랑'에 비해 오늘날 우리 '한국인의 사랑'은 어떠한가. 얼핏 보기에도 온갖 조건들이 그것을 규정하고 있다. 저 막스 뮐러가 주인공의 입을 빌려 경계했던 '유용과 무용, 이익과 손해, 소득과 상실, 명예와 불명예, 칭찬과 비난', 그런 저울 위에서 사랑은 위태롭게 거래되고 있다. 아니, 이젠 그조차도 아니고, 아예 사랑 자체가 감당하기 힘든 삶의 무게로 인해 포기되거나 거부되고 있다. 세상에 이런 비극이 어디 있는가. 이건 자연에 대한 또 하나의 위태로운 도전이 아닐 수 없다. 나비가 꽃을 찾지 않을 때 어떤 일이 일어날까? 태양이 빛나지 않을 때 어떤 일이 일어날까? 사람이 사람을 사랑하지 않을 때 어떤 일이 일어날까? 한 번쯤 시간을 내서 막스 뮐러의 《독일인의 사랑》을 읽으며 젊은 두 남녀의 대화를 음미해보기 바란다. 문학의 옷을 걸친 저 신성한 철학을.

조지 버나드 쇼 《피그말리온》

신사 숙녀

혹자는 아직도 기억할는지 모르겠다. 〈마이 페어 레이디 (My Fair Lady)〉라고 1964년에 나와 선풍적인 인기를 끈 영화가 있었다. 감독은 조지 큐커, 오드리 헵번과 렉스 해리슨이 각각 주인공인 일라이자 둘리들과 헨리 히긴스를 연기했다. 그리고 윌프리드 하이드-화이트는 휴 피커링 대령을, 스탠리 할러웨이는 일라이자의 아버지 알프레드 둘리틀을 멋지게 소화했다. 내가 가장 좋아하는 추억의 명화 중 한 편이다. 나는 '인생론'이라는 교양과목의 첫 시간을 꼭 이 영화로 시작한다. 이유가 있다.

이 영화는 원래 아일랜드의 극작가 조지 버나드 쇼(George Bernard Shaw)가 쓴 《피그말리온(Pygmalion)》이 원작인데 고대 그리스 신화에 나오는 피그말리온의 이야기를 모티브로 삼고 있다. 자신이 만든 조각이 워낙 아름다워서 갈라테이아라 이름도 붙이고 스스로 사랑에 빠진 피그말리온, 그의 간절한 소원에 감동한 여신 아프로디테가 그 조각에 생명을 부여해 인간이 된 그녀와 마침내 결혼하게 된다는 아름다운 이야기다. 이 영화는 (그리고 버나드 쇼의 희곡은) 거리에서 꽃을 팔던 일라이자가 우연히 언어학자인 히긴스 교수를 만나 그의 특훈을 거치면서 우여곡절을 겪지만 결국 왕실 무도회에서 일약 공주 취급을 받는 스타가 되고, 그 과정에서 둘 사이에 묘한 사랑이 싹트게 된다는 대충 그런 이야기다. (단, 영화와 달리 원작의 '후일담'에는 일라이자가 히긴스 교수가 아닌, 자기를 좋아하는 청년 프레디와 결혼해 꽃가게를 여는 것으로 되어 있다.)

이야기 자체로서도 재미있지만, 이 영화에는 참으로 많은 가치론적 메시지들이 마치 보석처럼 여기저기에 숨어 있다. 그중의 하나다. 주정뱅이 홀아버지 아래서 천하게 자라난 일라이자가 마침내 무도회에서 여왕님의 주목과 칭찬을 받고 왕자와 춤을 추게 되는 대성공을 거두게 된 날, 일라이자는 성공에 도취된 채 춤을 추며 정작 주인공이었던 자기에게는 무심한 히긴스에게 화를 내면서 집을 뛰쳐나간다. 남은 두 남자는 황급히 그녀의 행방을 찾아 나서는데, 결국 어머니의 집으로 가서 투덜거리는 히긴스 앞에 일라이자가 침착한 숙녀의 모습으로 나타난다. 히긴스는 어이없어 하지만 여기서 그들 간에 오가는 대화가 아주 흥미롭다.

어머니 : 네가 예의를 지키지 않는다면 쫓아버릴 거야.

히긴스 : 내가 주워다 키운 아이한테 예의를 지키라구요?

어머니 : 당연하지.

히긴스 : 말도 안 돼.

어머니 : (일라이자에게) 넌 어떻게 저런 내 아들한테 예절을 배웠니?

일라이자 : 쉽지 않았어요.

피커링 대령이 아니었으면 예의가 뭔지 몰랐을 거예요.

그분은 절 꽃 파는 소녀 이상으로 대해주셨어요.

히긴스 부인, 꽃 파는 소녀를 주워왔다는 건 중요치 않아요.

꽃 파는 소녀와 숙녀의 차이는 어떻게 대접받느냐의 문제예요.

히긴스 교수께 저는 평생 꽃 파는 소녀가 될 수밖에 없어요.

하지만 피커링 대령께 저는 항상 숙녀가 될 수 있죠.

(참고로, 버나드 쇼의 원문에는 이 부분이 다음과 같이 되어 있다.)

리자 : 그건 그분의 방식이죠. 그렇죠? 하지만 대령님은 그렇게 하지 않으셨던 게 저한테는 커다란 차이를 만들었어요. 정말로, 진실로 숙녀와 꽃 파는 소녀의 차이는 어떻게 행동하느냐가 아니라 어떻게 대접받느냐에 달렸죠. 저는 히긴스 교수님께는 언제나 꽃 파는 소녀일 거예요. 왜냐하면 그분은 언제나 저를 꽃 파는 소녀로 대하고 앞으로도 그럴 테니까요. 하지만 저는 대령님께는 숙녀가 될 수 있다는 걸 알아요. 대령님은 저를 언제나 숙녀로

대해 주셨고 앞으로도 그러실 거니까요.

LIZA. I know. I am not blaming him. It is his way, isn't it? But it made such a difference to me that you didn't do it. You see, really and truly, apart from the things anyone can pick up (the dressing and the proper way of speaking, and so on), the difference between a lady and a flower girl is not how she behaves, but how she's treated. I shall always be a flower girl to Professor Higgins, because he always treats me as a flower girl, and always will; but I know I can be a lady to you, because you always treat me as a lady, and always will.

일라이자는 천박한 거리의 꽃팔이 소녀에서 공주님 같은 숙녀로 완벽한 변신에 성공했다. 그런데 그녀는 그 성공이 교수의 훈련보다도 대령의 '숙녀 대접' 덕분이었음을 이야기하는 것이다. 내가 특별히 주목하는 것은 바로 이 부분이다. "숙녀로 대접을 받으면 숙녀가 된다." "숙녀로 대접을 받아야 숙녀가 된다." 이 영화는 이런 식으로 사람이 사람을 어떻게 대해야 하는가 하는 '윤리'의 문제를 건드리고 있는 것이다.

"네가 남에게 대접받고자 하는 대로 남을 대하라"는 예수의 말씀이나 "너에게 싫은 바를 남에게 행하지 말라"는 공자의 말씀을 내가 '윤리의 대원칙' 혹은 '행위의 황금률'로 평가하는 것도 결국은 비슷한 취지다.

1990년대 초, 내가 처음 독일에 갔을 때, 독일의 교수들이 거의 대부분의 수업을 "신사 숙녀 여러분!(Meine Damen und Herrn!)"이라는 말로 시작하던 게 너무나 인상적이었다. 적어도 내가 겪어본 바로는 교수도 학생도 기본적으로는 모두 신사고 숙녀였다. 그 핵심은 '상대방에 대한 인정과 존중'이었다. '함부로'가 없는 성숙한 사회라는 느낌을 지울 수 없었다. 너무나 부러웠다. 그 후 잠시 살아본 미국에서는 물론 그런 격식은 없었지만, 그래도 내용적으로는 그런 존중의 정신이 살아 있음을 몸으로 느낄 수 있었다. 선진국은 그냥 어쩌다 되는 게 절대 아니다. 한 사람 한 사람의 '질(quality)'과 '격(dignity)'이 비로소 그것을 가능케 한다. 신사 숙녀라는 말 속에도 그런 질과 격이 녹아들어 있다. 언행을 보면 그것이 여실히 드러난다.

지금 우리 사회는 어떠한가? 주변에 어떤 말들이 난무하는지 귀를 기울여보자. 온갖 형태의 천민주의가 마치 걷잡을 수 없는 역병처럼 번지고 있다. 사람이 사람을 어떻게 대하는지는 굳이 멀리 갈 필요도 없다. 인터넷이나 TV만 켜봐도 곧바로 알 수가 있다. '갑질'이라는 말은 시대의 유행어가 되었다. 신사 숙녀는 모두 다 어디로 사라진 걸까? 행방이 묘연하다. 실종 신고를 내야 할지도 모르겠다. 예전에는 그래도 드물지 않던, 어디론가 밀려난 그들이 너무 그리운 요즈음이다.

라이너 마리아 릴케 〈마법〉
언어의 정원

개인적으로 나는 2017년을 좀 혹독하게 보냈다. 그 구름들이 조금씩 걷히고 2018년은 비교적 화창하게 지나가고 있다. 잘 아는 한 출판사의 제안으로 헤르만 헤세, 라이너 마리아 릴케, 그리고 하인리히 하이네의 시집을 번역하면서 봄의 한때를 그들의 정원에서 노닐게 된 것이다. 언어의 정원, 시의 정원이다.

혹 유럽을 여행하거나 거기서 살아본 사람은 잘 알겠지만 저들의 정원은 정말 예쁘다. 그것을 거니는 것은 작지 않은 기쁨을 선사한다. 그런데 헤세나 릴케나 하이네의 시집은 그 자체로 실제 못지않은 하나의 정원이 된다. 거기서는 그들의 단어 하나하나가 꽃으로 피어난다. 아름답기 그지없다. 아니, 어디 꽃뿐이랴. 거기엔 온갖 나무들과 토끼와 노루와 숲과 호수와 백조와 바람과 하늘과 별과 달이 다 함께 어우러져 놀고 있다. 이런 정원은 나름의 영원성을 갖는다. 그곳의 꽃은 시들지도 않는다. 이건 거의 마법의 세계다. 릴케(Rainer Maria Rilke)의 후기 시편 중에 〈마법(Magie)〉이라는 것이 있다.

형언할 수 없는 변용으로부터 태어난다
그런 조형들은—. 느끼라! 그리고 믿으라!
우리는 걸핏하면 괴로워한다, 불꽃이 재가 된다고
하지만 아니다, 예술에서는, 먼지가 불꽃이 되니.

여기에 마법이 있다. 마법의 세계에서는
그저 그런 말도 상승의 계단을 오르는 듯…
하지만 진실이다, 그건, 마치 숫비둘기가
보이지 않는 암비둘기를 부르는 그 부름처럼.

Aus unbeschreiblicher Verwandlung stammen
solche Gebilde —: Fühl! und glaub!
Wir leidens oft: zu Asche werden Flammen;
doch: in der Kunst: zur Flamme wird der Staub.

Hier ist Magie. In das Bereich des Zaubers
scheint das gemeine Wort hinaufgestuft…
und ist doch wirklich wie der Ruf des Taubers,
der nach der unsichtbaren Taube ruft.

불꽃이 재가 되는 게 아니라 먼지가 불꽃이 되는 마법, 그 게 예술이다. 특히 릴케는 그런 언어예술의 한 극치를 보여준 다. 1970년대, 그의 유명한 연작시 〈사랑(Lieben)〉을 처음 읽 었을 때, 20대의 나는 거의 전율을 느꼈더랬다. "사랑이 어떻 게 너에게로 왔는가? / 햇빛처럼, 꽃보라처럼 왔는가 / 혹은 기도처럼 왔는가? ─ 얘기해보렴(Und wie mag die Liebe dir kommen sein? / Kam sie wie ein Sonnen, ein Blü tenschnein, / kam sie wie ein Beten? ─ Erzähle)" 나는 그 시의 따뜻함 속에서 아이스크림처럼 속절없이 녹아버렸다. 나의 정서 혹은 서정은 그렇게 성장했다.

우리 세대에게는 어쨌거나 그런 세계가, 릴케의 정원 같은 그런 세계가 존재하고 있었다. 거기엔 아름다움이 샘물처럼 솟아난다. 라일락보다 라벤더보다 더 짙은 그의 '장미'가 향 기를 뿜는다. 그런 걸 '좋다'고 느끼는 게, 좋은 줄 아는 게, 그 게 사람이라고 나는 믿는다.

지금의 우리는 어떤가? 지금 그런 릴케의 정원 속을 거닐며 삶의 한때를 보내는 사람들은 얼마나 될까? 좀 궁금해진다. 신문에 보니 할리우드의 한 블록버스터 영화가 개봉한 지 단 며칠 만에 관객 300만을 돌파했다는 기사가 올라와 있다. 각 자의 취향이겠지만, 나는 개인적으로 그런 종류의 영화를 별 로 좋아하지 않는다. 폭탄이 터지고 때려 부수고… 결국 악당 은 퇴치되고 영웅은 승리를 거두겠지만, 그것을 보는 관객들의 가슴속에는 도대체 무엇이 남게 될까? 할리우드의 자본은 아마도 그런 것에 아무런 관심이 없을 것이다.

나는 대학에서 철학을 강의하면서 곧잘 세상을 삭막한 사막에 비유하곤 한다. 욕망으로 굴러가는 세상의 본질이 애당초 그런 것이다. 그런 세상에서의 오아시스 만들기를 나는 철학 내지 교육의 할 일이라고 자리매김한다. 오아시스… 릴케의 정원 같은 것도 일종의 그런 오아시스다. 많은 사람들이 이 정원에서 좀 노닐었으면 좋겠다. 이 시집이 발매한 지 단 며칠 만에 독자 300만을 돌파했다는 그런 기사가 신문에 올라오기를 기대한다면 아마 제정신은 아니겠지만.

헤르만 헤세 〈기도〉
신과 어머니

요즘은 어떤지 잘 모르겠지만, 우리 세대가 청춘이었을 때는 헤르만 헤세(Hermann Hesse)가 비틀즈 못지않은 인기를 누리고 있었다. 그의 시 〈안개 속에서(Im Nebel)〉를 독일어로 외우는 친구가 있으면 그는 거의 존경의 대상이 되기도 했다.

어떤 계기가 있어서 오랜만에 그의 시집을 다시 읽게 되었다. 그중에 예전에는 몰랐던 〈기도(Gebet)〉라는 시가 눈에 띄었다. 그 내용은 대충 이런 것이었다.

내가 언젠가 당신의 얼굴 앞에 서게 될 때
그때 난 생각하지요, 어떻게 당신이 날 홀로 내버려두었는지
그리고 생각하지요, 어떻게 내가 거리를 헤매면서
고아처럼 그리고 위로도 없이 내 고통 속에 있었는지

그때 난 생각하지요, 끔찍하게 어두웠던 저 밤들을

내가 고난과 뜨거운 향수로 애태웠던

그리고 마치 아이처럼 당신의 손을 갈망했던

그리고 당신이 내게 그 오른손을 거부했던 바로 그때를

그리고 저 시절을 생각하지요, 소년이었던 내가

매일매일 당신에게 되돌아왔던, 그리고 어머니에게 되돌아왔던

나에게 기도를 가르쳐주신 그 어머니에게

그리고 내가 당신보다도 더 감사해야 할 그 어머니에게

Wenn ich einmal vor deinem Antlitz stehe,

Dann denke, wie du mich allein gelassen,

Und denke, wie ich irrend in den Gassen

Verwaist und trostlos war in meinem Wehe.

Dann denke jener schrecklich dunklen Nächte,

Da ich in Not und heißem Heimweh bangte

Und wie ein Kind nach deiner Hand verlangte

Und da du mir versagtest deine Rechte.

Und denke jener Zeit, da ich als Knabe

Zu dir zurück an jedem Tage kehrte,

Und meiner Mutter, die mir beten lehrte

Und der ich mehr als dir zu danken habe.

가슴이 저며 왔다. 나 자신의 일부이기도 했던 그라 더욱 그랬다. '아, 그도 이렇게 힘들었었구나. 그도 이토록 간절했었구나.' 감정이입이 자연스럽게 이루어졌다. 여기서 '당신'은 당연히 신일 것이다. 그런데 그는 뜻밖에도, 살펴주지 않는, 매몰차게 거절하는 신을 그리고 있다. 그래서 달랠 수 없는 슬픔과 고아처럼 적적히 거리를 헤매는 것과 고난과 견딜 수 없는 향수와 무섭고 어두운 밤을, 오롯이 그의 몫으로 껴안고 있다. 우리는 어떤가? 헤세보다는 나은 신세인가? 우리의 가슴 깊숙한 곳에서는 누군가가 고개를 가로저으며 격하게 헤세에게 공감한다.

그는 신에게 거절당한 그 쓸쓸한 마음으로 어머니를 찾고 있다. 여기서 우리는 "신은 모든 곳에 다 있을 수 없으므로, 어머니를 만들었다."는 유대인의 속담을 떠올리기도 한다. 아닌 게 아니라 어머니는 많은 경우 신의 역할을 대신 떠맡기도 한다. 웬만하면 뭐든 다 들어주니까.

그러나 우리 속의 헤세는 이 시의 내용이, 이 간절한 기도가, 모든 어머니들 자신에게도 해당된다는 것을 과연 알고 있을까? 이 세상의 모든 헤세들은 좀 너무 편의주의적이 아닌가 하는 생각도 언뜻 스쳐갔다. 어머니도 어머니이기 이전에 누군가의 딸이기도 하고 누나이기도 하고 아내이기도 하고 선생님이기도 하고… 그리고 무엇보다도 한 사람의 여자이고 인간인 것이다. 모든 아들들이 안고 있는 삶의 무게는 고스란히 어머니의 것이기도 함을 그 아들들은 보통 잘 모른다. 그건 딸들도 마찬가지다.

헤세의 이 기도라는 시는 우리에게 신과 어머니를 그리고 우리의 삶을 되새겨보게 한다. 삶의 힘겨움은 너무나 자연스럽게 우리를 기도로 인도한다. 그러나 신은 쉽게 그 기도에 응답하지 않는다. 삶과 세상의 현상을 보면 니체가 말한 "신의 죽음"은 어떤지 잘 모르겠으나 "신의 부재"는 부인하기 어려운 진실로 다가온다. (나는 그것을 "신의 외출", "신의 출타", 혹은 "신의 실종", "신의 행방불명"이라고 표현한 적이 있다.) 신은 인간들의 인간적인 기도에 답이 없다. 신은 도대체 어디로 출타하신 걸까? 그가 돌아와 답할 때까지 모든 것은 고스란히 우리 인간들의 몫이다. 그러나 어머니에게 그 모든 짐을 다 지울 수는 없다. 어머니도 일개 여자이고 인간이니까.

그럼에도 불구하고 이 땅의 어머니들은 여전히 그 짐을 지려고 한다. 그래서 우리에게는 '감사'가 필요한 것이다. 고마워하자, 모든 어머니들에게. 그리고 그것을 언급해준 헤세에게도.

니코스 카잔차키스 《그리스인 조르바》

카르페 디엠

내가 크레타의 이라클리온을 방문한 것은 2015년 7월이었다. 당초 C교수가 이끄는 그 '유럽 문학 기행'에 참가한 것은 터키 서부와 그리스 본토의 철학 유적지들을 둘러보는 것이 주 목적이었기에 크레타 방문은 어쩌면 좀 덤이었다. 아무튼 나는 거기서 카잔차키스 박물관도 둘러봤고 그의 무덤도 찾아 묵념도 올렸다. 널찍한 사각 돌바닥 한복판에 놓인 검은색 시루떡 모양의 정사각 돌무덤이 특이했다. 그 위에 가로로 놓인 흰색 비누 같은 비석도 특이했고 그 앞에 박힌 대충 짜맞춘 듯한 소박한 키다리 십자가도 특이했다. 그해 초까지만 해도 나는 카잔차키스(Νίκος Καζαντζάκης)를 모르고 있었다. 《그리스인 조르바(Βίος και Πολιτεία του Αλέξη Ζορμπά)》도 읽은 적이 없었다. 그런데 그 비석에 새겨진, 마치 낙서처럼 대충 손글씨로 쓴 듯한 묘비명이 강한 인상으로 내 가슴에 남았다. 거기엔 "나는 아무것도 원치 않는다. 나는 아무것도 두려워하지 않는다. 나는 자유다!(Δεν ελπίζω τίποτα, Δε φοβούμαι τίποτα, είμαι λέφτερος)"라는 글귀가 적혀 있었다. 그게 카잔차키스를 상징한다고 인솔해간 C교수가 설명해줬다. 그리고 그게 《그리스인 조르바》의 핵심주제이기도 하다고 덧붙였다. 아닌 게 아니라 원작엔 이런 대화도 등장한다.

"그런 점은 이해하셔야 할 겁니다, 보스. 난 인간이니까!" "인간이라니? 그게 무슨 뜻이요, 조르바?" "자유라는 거죠…"

귀국해서 한참이 지난 뒤 그 소설을 읽었고 안소니 퀸 주연의 영화도 찾아서 봤다. 주인공이 크레타로 가는 배에서 무식자지만 경험 풍부한 조르바를 만나 함께 갈탄광 사업을 하면서 이런저런 일들을 겪다가 결국 망하고 조르바는 죽는다. (영화는 죽음 대신 춤으로 마무리된다.) 그 과정의 대화들이 작품의 근본 축을 이루고 있다. 인터넷을 들여다보니 카잔차키스도, 조르바도, 배우 안소니 퀸 못지않게 광팬들을 거느리고 있었다. 그 팬들은 대개 소설 속 주인공 '나(보스)'와 조르바의 대화에, 지성의 대표자와 경험의 대표자 사이의 대화에, 특히 분방한 자유의 화신과도 같은 조르바의 언행에 열광하는 듯했다. 그들은 대부분 그것을 열망하지만 스스로는 그렇지 못한, 삶에 얽매인 사람들 같아 보였다.

조르바가 워낙 특이한 인물이라 그의 언행에는 생각거리가 정말 많았다. 좀 과장하자면 그리스 철학에 '조르바 철학'을 한 챕터 추가해야 할 정도? 그중에서도 나는 '현재주의'라고도 할 그의 사고에 눈길이 갔다. 예를 들면 어느 장면에서 그는 이런 말을 한다.

"앞날이 걱정된다고 했소? 난 어제 일은 어제로 끝나오. 내일 일을 미리 생각하지도 않소. 나한테 중요한 건 지금 이 순간에 일어나는 일뿐이오. 나는 늘 나에게 묻소. '자네 지금 뭐 하나?' '자려고 하네.' '그럼 잘 자게.' '지금은 뭘 하는가?' '일하고 있네.' '열심히 하게.' '지금은 뭘 하고 있나?' '여자랑 키스하네.' '잘해보게. 키스할 동안 다른 건 모두 잊어버리게. 이 세상에는 자네와 그 여자밖에 없는 걸세. 실컷 키스하게.'"

딱 저 로마 시인 호라티우스의 "카르페 디엠(carpe diem: 현재를 잡아라[오늘을 즐겨라])"이다. (이 말엔 "가급적 내일이란 말은 최소한만 믿어라[quam minimum credula postero]"가 뒤따른다. 그리고 "짧은 인생, 먼 미래로의 기대는 줄이게. 지금 우리가 말하는 동안에도, 인생의 시간은 우릴 시기하며 흐른다네[sapias, vina liques et spatio brevi spem longam reseces. dum loquimur, fugerit invida aetas]"가 앞에 놓여 있다.) 이런 철학은 사실 우리에게 그다지 낯설지 않다. 이미 없는 과거 때문에, 아직 없는 미래 때문에, 앞에 있는 현재를 희생하는 건 어리석은 일이라는 걸 깨우치는 말이다. 톨스토이의 저 유명한 말과도 상통한다. "당신에게 가장 중요한 때는 언제인가?─바로 지금이다. 당신에게 가장 중요한 사람은 누구인가?─바로 당신이다. 당신에게 가장 중요한 일은 무엇인가?─지금 하고 있는 이 일이다." 분명히 호소력이 있고 울림이 있는 사상이다.

물론 세상 일이라는 게, 사람 일이라는 게, 그렇게 단순하기야 하겠는가. 조르바처럼 어제도 내일도 상관없이 '지금 이 순간'만 생각하고 살아간다면 소설의 결말처럼 망하거나 죽거나 둘 중 하나다. 그럴 수야 없지 않은가. 우리는 분명 과거도 미래도 고려하면서 현재를 살아갈 수밖에 없다. 그 셋이 다 유기적으로 얽혀 있는 게 삶인 것이다. 카잔차키스인들 그걸 몰랐겠는가. 그러나 그 과거나 미래가 현재를 망가뜨리는 속박이라면 얘기는 달라진다. 거기서 저 자유의 철학이 날개를 펼치는 것이다. 속박의 근원인 욕심을 떨치고 두려움을 떨치는 것, 거기서 비로소 자유의 하늘이 밝아오는 것이다. 카잔차키스는 "나는 아무것도 원치 않는다"라고 말했다. 이건 사실 무시무시한 말이다. 그건 지금껏 인류 역사상 저 석가모니 부처만이 할 수 있는 말이었다. 일체의 집착을 다 내려놓는 것, 버리는 것, 떨치는 것, 비우는 것, 그건 곧 '해탈'이었다. '성불'이었다. 궁극의 자유란 그런 것이다. 카잔차키스의 저 묘비명이, 그리고 조르바의 저 자기충고가 그런 경지인지는 확인할 수 없다. 하지만 자유를 지향한다는 것, 현재에 집중하고 현재에 최선을 다한다는 것은 그것 자체로 충분한 하나의 철학적 가치를 지닌다. 내가 즐겨하는 말로 "그것만 해도 어디야"라는 게 거기 있기 때문이다. 매일매일 주어지는 현재를 우리는 살아낼 수밖에 없다. 그러니 최선을 다해 그 하루를 잡아야 한다. 그리고 즐겨야 한다. 어차피 모든 삶의 끝은 누구나 다 똑같으니까. 무덤 속의 한 줌 흙이니까. (조르바의 말: "때가 되면 뻗어 땅 밑에 널빤지처럼 꼿꼿하게 눕고, 구더기밥이 된다. 불쌍한 것! 우리는 모두 한 형제간이지. 모두가 구더기밥이니까.") 그러니까 우리는 일단 매일매일 그때그때 저 조르바의 철학으로 마음을 다잡아보기로 하자. '자네 지금 뭐하고 있나. …하고 있네. 그럼 잘해보게. 열심히 해보게.' 거기에 나는 한마디만 더 보태고 싶다. '살아 있다는 것, 살고 있다는 것, 뭔가를 하고 있다는 것, 그것만 해도 실은 대단한 일이다'라고.

카잔차키스의 무덤을 방문했던 그날 밤, 나는 크레타섬 이라클리온에서 수십 명이 어울려 추는 저 조르바의 춤을 마음껏 열심히 최선을 다해 즐겼다. 그게 그날의 오늘이었다. 적어도 그 한순간, 나는 자유였다.

앙투안느 드 생텍쥐페리《어린 왕자》

사막과 샘

여행을 엄청나게 좋아하는 한 지인이 지난 방학 때 사하라 사막에 다녀왔다고 자랑을 늘어놓았다. 낙타도 타봤고 그 맛 있다는 타유도 먹어봤다고 신이 난 표정이었다. 난 아직 사막 이란 데를 직접 가보진 못했지만, 그 단순한 풍경이 한 번쯤은 가볼 가치가 있을 거라 짐작하고 있다. 가도 가도 끝없는 모래 의 대지를 낙타에 흔들리면서 무념히 지나가보는 것은 뭔가 좀 철학적인 분위기가 있을 것 같기도 하다. "근데 잠깐 보는 거지, 오래 있을 건 못 되겠더라고요. 더워 죽는 줄 알았심더. 밤엔 또 추워 죽는 줄 알았고요. 전갈도 있다 카고 물리만 약 도 없다 카고…" 그런 푸념조차도 반쯤은 자랑으로 들렸다.

부러운 척 그 이야기를 들으면서 문득 앙투안느 드 생텍쥐 페리(Antoine de Saint-Exupéry)의 저 명작《어린 왕자(Le Petit Prince)》가 떠올랐다. 작가 자신의 실제 상황이 그랬던 것처럼 작품의 주인공인 비행사는 기체 고장으로 사막에 불시

착을 했다. 아무도 없고 아무것도 없는, 모래뿐인 그 사막에서 비행사는 어떻게 살아남을지 고민하다가 뜻밖에 한 소년을 만나게 되었다. 다른 별에서 온 소년이었다. 그와의 대화가 이 대단한 작품의 근간을 이룬다. 세월이 지나 다시 읽을수록 새로운 맛과 의미를 발견하게 하는 명작 중의 명작으로 지금도 이 소설은 세계인의 사랑을 받고 있다. 나는 그 불어판 오디오 파일까지도 소장하고 있다. 알아듣진 못하지만 때론 여느 음악 못지않은 아름다운 운율로 들려온다.

사람마다 평가 순위는 조금씩 다르겠지만 이 작품엔 주옥 같은 문구들이 너무 많다. 이를테면 다음과 같다.

"세상에서 가장 어려운 게 뭔지 아니?"
"흠, 글쎄요, 돈 버는 일? 밥 먹는 일?"
"세상에서 가장 어려운 일은 사람이 사람의 마음을 얻는 일이란다."

"넌 네가 길들인 것에 대해 언제까지나 책임을 져야 하는 거야."
"넌 네 장미에 대해 책임이 있어."

"사막이 아름다운 건 어디엔가 샘을 감추고 있기 때문이야."
"눈으로는 찾을 수 없어. 마음으로 찾아야 해."
"나를 길들여줘. 가령 네가 오후 네 시에 온다면 나는 세 시부터 행복해지기 시작할 거야."

"네 시가 가까워 올수록 나는 점점 더 행복해지겠지. 네 시에는 흥분해서 안절부절못할 거야. 그래서 행복이 얼마나 값진 일인가 알게 되겠지."

"그러나 만일 네가 무턱대고 아무 때나 찾아오면 난 언제부터 마음의 준비를 해야 할지 모르니까."

"네 장미꽃을 그렇게 소중하게 만든 것은 그 꽃을 위해 네가 소비한 시간이란다."

"비밀을 말해줄게. 아주 간단한 건데, 그건 마음으로 봐야 잘 보인다는 거야."

"가장 중요한 것은 눈에 보이지 않는 법이야."

"누군가에게 길들여진다는 것은 눈물을 흘릴 일이 생긴다는 것인지도 몰라."

"다른 사람에게는 결코 열어주지 않는 문을 당신에게만 열어주는 사람이 있다면 그 사람이야말로 당신의 진정한 친구야."

"나는 그때 아무것도 이해하지 못했어. 꽃의 말이 아닌 행동을 보고 판단했어야 했어."

"내게 향기를 전해주고 즐거움을 주었는데… 그 꽃을 떠나지 말았어야 했어."

"그 허영심 뒤에 가려진 따뜻한 마음을 보았어야 했는데… 그 때 난 꽃을 제대로 사랑하기에는 아직 어렸던 거야."

"사람들은 어디에 있어? 사막은 조금 외롭구나."

"사람들 속에서도 외롭기는 마찬가지야."

나는 개인적으로 저 '사막과 샘'에 대한 언급을 아주 인상 깊게 간직하고 있다. "사막이 아름다운 건 어디엔가 샘을 감추고 있기 때문이야." 이 말은 철학적 진리에 속한다. 나는 교양 '인생론' 강의를 하면서 삶의 장소인 이 '세상'이라는 것을 주제의 한 토막으로 다루는데, 그것의 본질적 속성을 삭막한 사막과 살벌한 밀림에 비유하기도 한다. 그렇다. 우리가 인생을 사는 이 세상은 온갖 욕망들이 뒤엉켜 굴러가는 각축장이기 때문에 원천적으로 삭막할 수밖에 없는 것이다. 살다 보면 어디선가 느닷없이 전갈이 나타나 그 독침에 찔리기도 하고 독사가 나타나 그 이빨에 물리기도 한다. 그래서 상처는 필연이고, 그나마 죽지 않으면 다행인 것이다. 낮엔 그야말로 죽을 듯이 덥고 밤엔 죽을 듯이 춥기도 하다. 인간들과 상황들이 그렇다는 말이다. 그 삭막함과 살벌함은 누구든 감수할 수밖에 없다. 각오를 하고 감당해야 한다. 그게 인생이고 그게 세상인 것이다. 인생살이, 세상살이가 원천적으로 힘든 까닭이 거기에 있다. 그래서 저 쇼펜하우어의 페시미즘이 라이프니츠의 옵티미즘보다 더 진실에 가까운 것이다.

그러나! 세상이라는 건, 그리고 그 속에서 살아가는 우리네 인생이라는 건 참 묘하다. 그게 그렇게 삭막하고 살벌하기만 하다면 모두가 질식해서 혹은 상처받아 죽을 법도 한데, 그게 묘하게도 그렇지를 않은 것이다. 세상이라는 이 사막에는 어디엔가 반드시 샘물이 감추어져 있는 것이다. 그것이 푸르른 오아시스를 형성한다. 그 푸르름이 삶에서의 평화, 안온, 풍요, 행복 등 그런 긍정적인 것들을 상징한다. 그래서 저 라이프니츠의 옵티미즘도 아예 거짓 사탕발림은 아닌 것이다. 그 샘물이란 것도 결국은 사람이다. 더 정확하게는 사람의 사랑이다. 그게 삭막한 이 사막을 촉촉이 적셔주는 것이다. 주변을 잘 찾아보라. 반드시 있을 것이다. 의외로 그것은 아주 가까이에 있을 수도 있다. 그러나 눈으로는 잘 보이지 않는다. 마음으로 보아야 한다. 그러면 그 온도를 통해, 그 빛깔을 통해, 그 모습이 드러날 것이다. 그 샘물을 우리는 가족이라고 부르기도 한다. 친구라고 부르기도 한다. 혹은 동지라고 부르기도 한다. 그들이 나의 오아시스가 되어준다. 그것이 이 삭막한 사막을 건너는 낙타가 되어주기도 한다.

우리는 아마도 대부분의 날, 힘들 것이다. 그때마다 우리는 마음의 비행기를 타고 저 사막에 불시착을 해보면 어떨까. 거기선 아마 언제나 저 어린 왕자가, 그리고 그와의 대화가 기다리고 있을 것이다. 가능하면 오후 네 시쯤 가기로 하자. 그러면 세 시쯤부터 행복해지기 시작할 테니까. 거기에 맛있는 빵과 커피가 있다면 더할 나위 없다. 그 샘물을 퍼서 목을 적시자. 잊지 말자. 사막에도 어딘가에 샘물이 숨어 있다.

장 루슬로 〈자갈에게는 자갈의 일〉

각자의 최선

몇 년 전, 이영애 주연의 영화 〈친절한 금자씨〉가 인기를 끈 적이 있었다. 내용은 다 잊어버렸지만 딱 한마디 "너나 잘하세요"라는 저 명대사는 뚜렷이 뇌리에 남아 있다. 다른 사람들도 아마 대부분 그럴 것이다. 누군가 제 꼬락서니는 돌아보지도 않고 또 사정도 모르고 주제넘게 남의 일에 참견하거나 잘난 척 충고질을 할 때 사람들은 농반진반으로 아직도 곧잘 이 말을 입에 담는다.

프랑스가 사랑하는 시인 장 루슬로(Jean Rousselot)가 남긴 명시에 〈자갈은 자갈이 할 수 있는 일을 한다(Les cailloux font ce qu'ils peuvent)〉는 것이 있는데, 그 메시지가 딱 금자씨의 저 명언과 겹쳐 있다.

곤경의 달팽이를 보더라도, 끼어들지 말 것
혼자서도 일어날 테니

화나게 할 수도 있지. 혹은 누가 알아? 상처를 줄 수도 있지

별에 대해서도 똑같은 충고
하늘 선반에서 제자리를 벗어난 별을 보더라도
분명 까닭이 있겠지 하고 말해줄 것

더 빨리 가라고 강물의 등을 떠미는 것, 칭찬할 수 없지
강물은 최선을 다하고 있으니까

아! 잊고 있었네. 자갈들도 제가 할 수 있는 걸 하고 있지
콘크리트 믹서에 들어가는 걸 기다리잖아
그러니 자갈돌 차지 말 것, 가볍게라도

Si tu vois un escargot en panne, n'intervient pas.

Il s'en tirera tout seul.

Tu pourrais le vexer. Ou bien qui sait? le rendre malade.

Même conseil en ce qui concerne les étoiles.

Si tu en vois une qui n'est pas à sa place sur les étagères
du ciel,

Dis-toi qu'elle doit avoir ses raisons.

Il n'est pas recommandé non plus de pousser la rivière
dans le dos pour qu'elle aille plus vite:
Elle fait son possible.

Ah! j'oubliais: les cailloux font ce qu'ils peuvent, eux aussi
En attendant d'aller dans la bétonneuse.
Évite donc de leur donné des coups de pied, même en
douce

나는 이 시에 깊은 철학이 스며 있다고 느낀다. 이 시는 달
팽이와 별과 강물과 자갈돌을 언급하고 있지만, 어디 그것뿐
이랴. 만유가 다 그렇고 만인이 다 그런 것이다. 존재하는 모
든 것에게는 각자 자기 나름의 역할이, 자기가 할 수 있는 일
이 있는 것이다. 그리고 모두가 실제로 각자 자기 자리에서 묵
묵히 자기가 할 수 있는 그 일을 수행하고 있는 것이다. 풀은
풀대로 나무는 나무대로 꽃은 꽃대로 나비는 나비대로…. 그
모든 것들이 다 조화롭게 어우러져서 비로소 자연이고 세계인
것이다. 그렇게 만유는 각자 자기 기준으로 자신의 자리에서
자신의 최선을 다하고 있다. 개는 최선을 다해 주인에게 꼬리
를 흔들고 참새는 최선을 다해 짹짹거리고 꽃은 최선을 다해
예쁘고 구름은 최선을 다해 비를 내리고 불은 최선을 다해 물
을 끓이고 지구는 최선을 다해 자전과 공전을 하고….

그런데 위의 시에서 언급된 '너(tu)'는, 즉 잘난 체하는 우리 인간은, 제멋대로 함부로 자기 잣대로, 인간의 잣대로, 다른 사람을, 다른 사물을 재면서 그게 아니고 이거, 그렇게가 아니고 이렇게라며 참견을 혹은 개입을 하면서 휘두르기도 하고 화나게도 하고 상처도 주고 심지어 차기까지도 하는 것이다. 내가 졸저 《사물 속에서 철학 찾기》에서 확인해보았듯이 만유에는 각각 그것 고유의 덕이 있다. 달팽이에게는 달팽이의 덕, 별에게는 별의 덕, 물에게는 물의 덕, 자갈에게는 자갈의 덕, 아니 좀 더 거창하게, 달팽이의 철학, 별의 철학, 물의 철학, 자갈의 철학이 있는 것이다. 그런 것들을 모르고, 알려고도 하지 않고, 오직 인간의 기준, 아니 나의 기준, 아니 자본의 기준으로 닦달을 하면서 인간에게, 나에게, 자본에게 필요한 것을 내놓으라고 온 세상이 눈을 부릅뜨고 있는 것이다. 그게 지금 우리가 살고 있는 이 시대 21세기의 실상이다.

사람에 대해서도 마찬가지다. 사람도 각자 다양해서 달팽이 같은 사람, 별 같은 사람, 물 같은 사람, 자갈돌 같은 사람이 있다. 그들은 각자 다 다르지만 각자가 할 수 있는 일들이 있다. 그리고 각자 자기 자리에서 나름대로 최선을 다해 그 일들을 하고 있다. 누구는 시를 잘 쓰고, 누구는 음식을 잘하고, 누구는 의자를 잘 만들고, 누구는 만화를 잘 그리고, 누구는 노래를 잘 부르고, 누구는 계산을 잘하고, 누구는 외국어를 잘하고, 누구는 아이를 잘 돌보고… 그렇게 다 다르다. 그런데 세상은, 그런 사람들에게 오로지 돈만 벌어오라고 등을 떠민다. 그래서는 자연의 조화, 세계의 조화가, 자연의 균형, 세계의 균형이 깨어지게 된다. 최소한 덜 아름다워진다. 지금 이대로도 이미 갖가지 문제가 터져나오고 있지만 그대로 계속 나가면 어떤 기괴한 세계가 도래할지 짐작도 할 수 없다. 그만큼 위험한 상황인 것이다.

어차피 자본의 시대라면 그 각각의 역할에 공평한 자본의 배분이 이루어져 각각 나름대로 만족한 삶이 영위되도록 제도화하지 않으면 안 된다. 각자가 최선을 다하고 있건만 누구는 너무 많이 벌고 누구는 너무 적게 번다. 그러면서 있는 자들은 때로 갑질도 하고 심지어 가뜩이나 없는 자를 쉽게 자르기도 한다. 자신이 얼마나 문제인지, 무엇이 결여되어 있는지는 전혀 돌아보지도 않는다. 그들에게는 콘크리트가 되고자 하는 자갈의 덕, 자갈의 철학조차도 없는 것이다. 그래서 아마 저 금자씨도 "너나 잘하세요"라고 비아냥거렸을 것이고, 저 시인 안도현도 연탄재를 언급했을 것이다. "연탄재, 함부로 발로 차지 마라. 너는 누구에게 한 번이라도 뜨거운 사람이었느냐."(〈너에게 묻는다〉 전문)

뉴스를 보면, 요즘 자갈만도 못한, 연탄재만도 못한 사람들이 너무 많은 것 같다. 자갈 보기에, 연탄재 보기에 참 부끄럽다.

V █▬█ 미국편

너대니얼 호돈 〈데이비드 스완〉
행운과 불운

얼마 전, 〈당신이 잠든 사이에〉라는 드라마를 재밌게 본 적이 있다. 이종석과 배수지가 주연이었다. 예쁜 친구들이라는 느낌이 들었다. 그런데 배우도 배우, 스토리도 스토리지만, 나는 이 드라마의 제목이 아주 인상적으로 가슴에 남았다. 우연의 일치인지 무슨 연관이 있는지는 모르겠으나 이 제목은 나를 저 40여 년 전 대학 시절의 한 장면 속으로 데려다줬다. 그때 교양영어 시간에 읽었던 한 편의 소설이 기억난 것이다. 머리가 희끗희끗했던 좀 무뚝뚝했던 LJ라는 노교수님의 해설과 함께.

너대니얼 호돈(Nathaniel Hawthorne)의 〈데이비드 스완(David Swan)〉이라는 짧은 소설이었다. 스무 살의 청년 '스완'의 이야기다. 줄거리는 대략 이렇다.

그는 고향을 떠나 보스턴에 있는 삼촌의 아채가게에 취직을 하러 길을 나섰다가 길가 숲 속 나무 그늘에 누워 잠깐 단잠에 빠져든다. 그 잠깐 사이, 그의 주변에서 이런 일들이 일어난다.

스완이 단잠에 빠져 있는 동안 숲을 지나가던 마차 한 대가 바퀴 고장으로 멈춰 섰다. 그 마차에서 내린 나이 지긋한 부부는 하인이 바퀴를 고치는 동안 햇빛을 피하기 위해 잠시 숲으로 들어왔다. 그리고 그곳에서 평화롭게 잠이 든 스완을 발견했다. 세상모르고 자고 있는 스완의 얼굴을 한참 바라보다가 부인이 남편에게 말했다.

"여보! 이 아이가 죽은 우리 헨리와 너무 닮았어요. 저는 우리 헨리가 살아서 돌아온 줄 알았어요. 아마도 하느님께서 이 아이를 헨리 대신에 우리 곁에 보내주신 것 같아요. 이 아이를 우리의 양자로 삼으면 어떨까요?"

백만장자인 이들 부부는 외아들을 잃고 재산을 상속할 친척이라곤 조카 한 명뿐이었는데, 조카에게 만족하지 못해 많은 고민을 하던 참이었다. 행운의 여신이 스완 위로 몸을 살며시 굽히는 순간이었다. 부인은 스완이 스스로 깨어나주기를 내심 바랐다. 그러면 스완을 자신의 집으로 데려가 양자로 삼을 생각이었다. 그런데 그때 하인이 "마차가 준비됐습니다." 하고 말했다. 그 말에 깜짝 놀란 부부는 스완을 깨우는 것을 포기하고 그 자리를 떠났다.

그리고 잠시 후 이번에는 어여쁜 한 소녀가 숲으로 왔다. 그러다가 잘생긴 스완을 보고는 부끄러워서 도망을 가려는데 갑자기 벌이 스완의 눈꺼풀에 앉으려는 것을 보고 소녀는 손수건으로 벌

을 쫓아낸 뒤 스완의 얼굴을 찬찬히 들여다보았다. 그녀의 아버지
는 근방에서 번창하는 상인이었고, 스완 같은 젊은이를 찾고 있었
다. 잘생긴 스완의 얼굴에 소녀는 마음이 흔들렸다. 그렇지만 곤
히 잠들어 있는 소년을 깨울 수는 없었다. 행운이 다시 한 번 그의
옷자락을 잡을 뻔했으나 스완은 잠에서 깨지 않았고 인기척에 소
녀는 아쉬운 마음으로 길을 떠나갔다.

그리고 또 잠시 후 두 악당이 도둑질한 물건을 나누기 위해 숲
으로 들어왔다. 그리고 잠자는 스완을 발견했다. 한 녀석이 말했
다.

"저 녀석은 주머니에 넉넉한 돈을 가지고 있을 거야."

그리고 악당들은 잠든 스완 곁에 다가왔다. 한 악당이 섬뜩한
칼을 스완의 가슴에 대고 다른 한 악당이 스완의 꾸러미를 뒤졌
다. 그때 마침 개 한 마리가 나타나 스완 옆에 있는 웅덩이에서 물
을 핥아먹었다.

"뜨자! 개 주인이 곧 뒤따라올 거야."
하면서 악당들은 즉시 그 자리를 떠났다.

잠시 후에 스완은 평화로운 잠에서 깨어났다. 그가 아무것도
모르고 잠들어 있는 동안에 그에게는 백만장자가 될 기회가 찾아
왔고, 예쁜 처녀와 사랑을 할 기회가 찾아왔고, 죽음의 그림
자가 찾아왔다. 그렇지만 그는 그러한 사실을 짐작조차 하지 못
했다. 그렇게 잠에서 깨어난 스완은 다시 보스턴을 향해 길을 떠
났다.

재미있었다. 그때 노교수님은 이런 코멘트를 곁들였던 것 같다. "여러분도 살아보면 알 겁니다. 이 이야기에 삶의 진실이 담겨 있어요. 자신도 모르게 오만 가지 행운과 불운이 우리를 스쳐갑니다. 우리가 아는 우리 인생은 있을 수 있었던 100가지 가능성 중의 어느 1일 뿐인 거지요. 하지만 바로 그렇기 때문에 이 현실의 1이 엄중할 수밖에 없어요. 그런데 알지도 못한 채 왔다가 간 나머지 99가 어느 세계엔가 있을지도 모릅니다. 그게 더 좋은 건지 나쁜 건지는 알 수 없지만, 그런 뭔가를 상상해보는 것도 문학적으로는 큰 의미가 있을지 모르겠군요. 각자 그걸로 소설이라도 한 편 써보세요."

혹시 내게도 그런 99의 평행세계가 존재할까? 나의 도플갱어가 어디선가 전혀 다른 삶을 살고 있을까? 상상하면 재미는 있다. 그는 어쩌면 억만장자일지도 모르고 최고의 권좌에 앉아 있을지도 모른다. 삶의 어느 지점에선가 그런 행운의 손을 잡았을지도 모르니까. 하지만 그러면 아마 지금의 이 나는 없겠지. 지금 내가 누리는 이 모든 것, 나의 경험, 나의 일, 나의 가족, 나의 강의, 나의 책, 나의 시… 이 모든 것이 그와는 아무런 상관이 없겠지. 아니, 어쩌면 그는 어느 지점에선가 불운에게 발목을 잡혀 이미 거품처럼 사라졌을지도 모르는 일. 그런 생각을 해보면 지금의 현실인 이 1을 나머지 99 중 어느 하나와 맞바꾸기는 쉽지 않을 것 같다. 아무리 구차하고 힘들지라도 역시 지금의 이 1은 운명인 것이다. 어쩌면 그래서 저 니

체도 차라투스트라의 입을 빌려 '운명애(amor fati)'를 외쳤는지도 모르겠다. "아, 이것이 삶이었던가. 그렇다면 다시 한 번!" 이 삶이 행운이든 불운이든, 어쨌든 더 나쁜 것보다는 더 나을 테니까. 그러니 그냥 열심히 살자. 지금의 이 인생을 행운이라 여기며!

행운과 행복

일전에 친구들끼리 부산에 놀러갔다가 '로또 명당'이라고 적힌 가게가 눈에 띄길래 한 친구가 객기로 재미 삼아, "내가 20억 쏜다"며 네 장을 사서 한 장씩 나눠 가졌다. '개뿔…' 역시나 '꽝'이었다. 그런데 오늘도 누군가는 그 20억의 행운을 움켜쥐었을 것이다. 그게 누군가에게는 실제로 있는 일이니 사람 일이란 참 묘하기 이를 데 없다. 이럴 때마다 우리는 심심치 않게 접하는 저 기사, '로또 1등이 불러온 불행', 그러니까 그 1등 당첨금 몇 십억 때문에 인생이 파탄났다는 둥, 혹은 결국 다 말아먹었다는 둥 하는 그런 기사를 접하며 묘한 '위안'을 삼기도 한다. 정말 그럴까? 설마 다 그렇기야 하겠는가. 하지만 뜻하지 않은 행운이 불행을 초래하기도 한다는 건, 아니, 적어도 그 행운이 반드시 우리의 행복과 연결되지는 않는다는 건 어느 정도 진실성을 띠고 있는 것 같다.

예전 잠시 독일 프라이부르크에 살고 있을 때 알고 지내던

멕시코 친구 산체스의 권유로 읽었던 존 스타인벡(John Steinbeck)의 중편소설 《진주(The Pearl)》가 생각난다. 멕시코의 전래설화를 근거로 썼다는 그 이야기는 노벨상까지 받은 스타인벡의 뛰어난 필치로 사람들의 가슴에 깊은 인상을 남겼고 여러 버전의 영화로도 만들어졌다. 나는 개인적으로 1947년 판 에밀리오 페르난데스 감독의 흑백 영화가, 어설프지만 가장 좋았다. 그 내용은 대략 이렇다.

멕시코의 라파즈 항구에서 가까운 바닷가 마을에서 젊은 인디오 부부 키노와 후아나가 서로를 아끼며 어린 아들 코요티토와 평온하게 살고 있었다. 키노는 가난했지만 미래를 꿈꾸며 열심히 살아가던 평범한 어부였다.

그러던 어느 날, 요람에 누워 있던 아기가 전갈의 독침에 쏘인다. 키노 부부는 아기를 살리려고 가까운 부자 마을로 의사를 찾아가지만 그 의사는 키노에게 돈이 없음을 알고 멸시하며 치료를 거부한다. 아기가 죽을지도 모르는 위급한 상황에서 키노는 값비싼 진주를 찾아 아이를 치료해줄 수 있게 해달라고 간절히 기도한다. 절박한 심정으로 바닷속에 뛰어든 키노는 은백색 광채를 내뿜는 세상에서 가장 아름답고 귀한 진주를 발견하게 된다.

키노가 세계 최고의 진주를 캤다는 소식을 듣고 그를 멸시하고 외면하던 의사와 성직자, 그리고 마을 사람들 모두가 진주를 향한 탐욕스러운 본성을 드러내기 시작하면서 키노의 가족은 불행의 소용돌이에 휘말리게 된다. 키노의 소박한 꿈을 위한 진주는 주변 사람들의 탐욕의 대상이 되어버렸고, 키노는 자신의 모든 것이 되어버린 진주로 인해 어느 누구도 믿지 못하는 불신을 품게 된다. 어느 날 밤 키노의 집에 도둑이 들어 칼부림이 일어나자 아내 후아나는 저주받은 진주를 버리자고 애원한다. 하지만 키노는 그게 희망이라며 아내의 말을 듣지 않고 더욱 진주에 집착한다. 다음 날 키노가 진주를 팔러 읍내 진주 상인에게 가지만 상인들이 서로 짜고 헐값을 부르는 바람에 분개한 키노는 그냥 돌아오는데 이때부터 키노 부부는 누가 진주를 훔쳐 가려고 해치지나 않을까 하는 불안한 마음에 잠도 제대로 이루지 못한다.

그러던 어느 날 잠에서 깨어난 키노는 누군가 진주를 훔쳐 달아나는 것을 목격하고 뒤를 쫓는다. 잡고 보니 그 사람은 다름 아닌 아내였다. 진주를 바다에 버리려던 것이다. 분노한 키노는 난폭하게 아내를 두들겨 패고 혼자 집으로 돌아온다. 하지만 집에는 진짜 낯선 괴한이 기다리고 있었고, 키노는 몸싸움을 벌이다가 그 괴한을 칼로 찔러 죽이고 만다. 더욱 절망의 나락으로 떨어진 키노는 가족을 데리고 어둠을 틈타 마을을 빠져나가는데 그들을 뒤쫓아오던 또 다른 추적자들과 싸워 그들마저도 살해하게 된다. 그러나 잠시 후 키노는 자신의 어린 아들이 추적자들의 총에 맞아 숨진 사실을 알게 된다. 키노와 후아나는 그들이 살던 마을로 돌아와 결국 그 진주를 바닷속에 던져버린다.

소설도 영화도 징한 여운이 오래 남는다. 처음 키노가 그 세계 제일의 진주를 발견했을 때, 그것은 "우연이며, […] 행운이며, 신[…]이 가볍게 등을 토닥거려주는 것(But the pearls were accidents, and the finding of one was luck, a little pat on the back by God or the gods or both)"으로 인식된다. 그러나 그게 인간들의 탐욕의 대상이 되면서 이야기는 완전히 달라진다. 어린 아들 코요티토가 병이 들자 누군가가 이렇게 말한다.

> […] "거 봐, 행운은 쓰디쓴 친구들을 데려오는 법이야."

> (The news of the baby's illness travelled quickly among the brush houses, for sickness is second only to hunger as the enemy of poor people. And some said softly, "Luck, you see, brings bitter friends.")

이게 사실은 이 작품에서 스타인벡이 전하고자 하는 메시지의 핵이다. 실제로 상황은 악화일로로 치닫는다. 그걸 노리고 도둑이 들고 격투하다 그를 죽이고 하자 키노의 형인 후안 토마스는 말한다. "이 진주에는 악마가 깃들어 있어(There is a devil in this pearl)." 이 말은 거의 사실이 되어간다. 착한 아내 후아나의 절규는 처절하기까지 하다.

"이 물건은 악마예요. […] 이 진주는 죄악 같아요! 이게 우리를 망칠 거예요. […] 이거 버려요, 여보. 돌로 부셔버려요. 묻어버리고 장소를 잊어버려요. 바닷속으로 다시 던져버려요. 이게 악마를 데려왔어요, 여보. 이게 우릴 망칠 거예요." […]

"이게 우리 모두를 망칠 거예요. […] 우리 아들까지도요."

"여보, 이 진주는 악마예요. 이게 우릴 망치기 전에 우리가 이걸 없애버려요. 돌멩이로 짓이기자고요. 우리— 우리 이걸 원래 있던 바닷속에 다시 던져버리자고요. 여보, 이건 악마예요, 악마!"

(Now the tension which had been growing in Juana boiled up to the surface and her lips were thin. "This thing is evil," she cried harshly. "This pearl is like a sin! It will destroy us," and her voice rose shrilly. "Throw it away, Kino. Let us break it between stones. Let us bury it and forget the place. Let us throw it back into the sea. It has brought evil. Kino, my husband, it will destroy us." And in the firelight her lips and her eyes were alive with her fear. […]

"It will destroy us all," Juana cried. "Even our son."

"Kino, this pearl is evil. Let us destroy it before it destroys us. Let us crush it between two stones. Let us—

let us throw it back in the sea where it belongs. Kino, it is evil, it is evil!")

결국 그렇게 됐다. 키노는 살인자가 됐고, 아들을 살리고자 찾았던 그 진주 때문에 아들은 죽게 됐다.

애당초 진주에게 무슨 죄가 있겠는가. 그 귀하고 아름다운 진주는 그야말로 행운일 뿐이다. 그러나 그 행운이 '비싼' 재화가 되면서 그건 인간의 추한 탐욕의 대상이 되고 거기에 시커먼 악마가 스멀스멀 깃들게 된다. "행운은 쓰디쓴 친구를 데려온다." 그렇다. 그래서 우리는 살다가 뜻하지 않은 행운을 만났을 때, 그 뒤에 검은 망토의 악마가 함께 있는 건 아닌지 조심 또 조심하지 않으면 안 된다. 결국은 탐욕이, 과욕이 악마를 불러온다. 명심해두자, 꼭 로또 1등이 아니더라도 우리가 이미 누리고 있는 행복은 작지 않다는 걸. 당장 오늘이라도 가족들끼리 식탁에 둘러앉아 맛있는 저녁을 먹으며 웃고 대화하면서 거기 행복이 함께 앉아 있는 걸 확인해보기 바란다. 행운이 없어도 행복은 있다. 행운이 반드시 행복을 가져다주지는 않는다.

위스턴 휴 오든 〈장례곡〉

관계의 농도

'삐리릭', 또 문자가 왔다. 아니나 다를까. 또 직장 총무과에서 보내온 부고다. 요즘 정말 많다. 부친상, 모친상, 장인상, 장모상, 심지어 자녀상에 본인상인 경우도 있다. 친한 사람일 경우는 도리상 조문을 가지 않을 수 없다. 많은 사람이 공감하겠지만 장례가 너무 규격화되어 있다는 느낌이 든다. 아마 대부분 경황없는 가운데 상조회사의 매뉴얼대로 따르기 때문일 것이다. 형식적으로 꽃을 올리거나 절을 하거나 하고 내주는 밥 한 그릇을 먹고 소주를 한잔하는 경우도 있다. 상주에게 건네는 인사도 대개 정해져 있다. "연세가…", "어디가 편찮으셔서…", "잘 추스르시고…", 거의 뻔하다.

그런데 사람의 죽음이라는 게 어디 그런가. 떠나간 고인에게는 거기 '삶의 모든 것'이 걸려 있지 않았던가. '여기' 남은 누군가와의 관계가 '삶' 그 자체가 아니었던가. 그 영원한 단절의 의식인 장례는 그런 형식으로 결코 다일 수 없다. 마음이 없는 장례는 공허하기가 이를 데 없다. 저 대성 공자가 한 말, "장지이례 제지이례"도 예를 강조한 말인데 그 예라는 것이 실은 '마음을 다함'에 다름 아닌 것이다. 격식은 거의 무의미하다. 장례가 그럴진대 제사는 말할 것도 없다.

한 동료의 부친상에 인사를 갔다가 우연히 고인의 친구인 듯 보이는 한 노인이 한참을 멍하니 영정 앞에 앉아 손수건으로 연신 눈물을 닦아내는 모습이 가슴에 남았다. 그 슬픔은 형식이나 격식이 아니었다. 그건 있는 그대로의 마음이었다. 그건 진짜였다. 문득 예전에 보았던 휴 그랜트 주연의 영화 〈네 번의 결혼식과 한 번의 장례식(Four Weddings and a Funeral)〉이 생각났다. 거기서 지인인 가레스가 죽었을 때, 주인공 찰스도 조문을 가는데, 거기서 고인과 각별했던 젊은 친구 매튜가 '조사'를 낭독하는 장면이 나온다. 그 내용이 너무나 인상적이었다. 나는 그때 그 조사를 나의 교양강의 '인생론'에서 소개할 작정으로 비디오를 빌려와 일시정지를 누른 채 베껴 적었다.

시계를 멈춰놓고 전화도 끊어라
개들의 울부짖음도 막아라
피아노도 드럼도 치지 마라
관을 꺼내고 조문객들을 오게 하라

비행기들은 슬퍼하며 하늘에 휘갈겨 쓴다

그는 죽었노라고

그는 떠나갔다

하얀 비둘기들과

검은 장갑을 낀 교통순경이 있는 곳으로

그는 나의 동서남북이었고

나의 주일, 나의 휴일이었다

나의 정오, 나의 자정

나의 말, 나의 노래였다

사랑이 영원할 줄 알았던 내가 틀렸다

이젠 별들을 원치 않는다

달을 없애고 해도 치워라

바다의 물을 빼고 숲도 베어버려라

이제는 아무것도 더 이상 좋을 것이 없으니

와우, 감동이었다. 어떻게 이런 조사를 쓸 수 있을까. 존경심이 우러났다. 그런데 한참이 지난 후 우연히 이 조사가 실은 유명한 시라는 것을 알게 되었다. W. H. 오든(Wystan Hugh Auden)의 〈장례곡(Funeral Blues)〉이라는 것이었다. 그러면 그렇지… 나는 속으로 웃었다. 원시는 더욱 맛깔스러웠다.

Stop all the clocks, cut off the telephone,

Prevent the dog from barking with a juicy bone,

Silence the pianos and with muffled drum

Bring out the coffin, let the mourners come.

Let aeroplanes circle moaning overhead

Scribbling on the sky the message He is Dead.

Put crepe bows round the white necks of the public doves,

Let the traffic policemen wear black cotton gloves.

He was my North, my South, my East and West,

My working week and my Sunday rest,

My noon, my midnight, my talk, my song;

I thought that love would last forever: I was wrong.

The stars are not wanted now; put out every one,

Pack up the moon and dismantle the sun,

Pour away the ocean and sweep up the woods;

For nothing now can ever come to any good.

원시로 다시 읽으며 생각해봤다. 이 정도의 조사를 듣는 이 고인은 도대체 어떤 사람이었을까? 어떤 삶을 살았을까? 이 조문객과는 도대체 어떤 사이였을까? 어떤 일들이 그들 사이에 있었고, 어떤 대화가, 아니 어떤 마음이 오고 갔을까? 대충 짐작이 되었다.

나는 교양 '인생론'을 강의하면서 인생에서 사람과 사람의 만남과 관계가 결정적인 요소의 하나임을 강조한다. 그러면서 진정한 만남은 우연을 가장한 운명('운명적 우연')이며 맹귀우목의 기연이며 억겁의 인연이며, 진정한 관계는 일대일의 관계, 백 퍼센트 대 백 퍼센트의 관계, 정면으로 마주보는 관계, 인격과 인격 혹은 영혼과 영혼이 교차하는 관계라고 설명한다. 그런 만남과 관계가 비로소 사람을 사람답게 그리고 인생을 인생답게 만들어주는 것이다.

그런데 요즘 우리의 인간관계는 어떤 것일까? 어느 한쪽이 죽었을 때 하염없이 눈물을 흘릴 수 있는 관계는 과연 얼마나 될까? 모든 관계가 너무나 피상적이다. 대부분은 이익과 돈을 위한 관계다. 저 칸트가 실천이성의 정언명령으로 그토록 강조했던 "그대는 인간성을 그대의 인격에 있어서나 모든 다른 사람들의 인격에 있어서나 항상 동시에 목적으로 대할 것이며 결코 단순한 수단으로 사용하지 말라(Handle so, dass du die Menschheit sowohl in deiner Person, als in der Person eines jeden anderen jederzeit zugleich als Zweck, niemals bloß als Mittel brauchst)"라는 말도 현실에서는 무색하기가 이를 데 없다. 나는 이런 종류의 말이 책 밖으로,

강의실 밖으로 나가, 사람과 사람 사이에 실제로 강물처럼 흘렀으면 좋겠다. 그래서 이윽고 누군가가 세상을 떴을 때, 저 오든의 시처럼 진정으로 애통해하고 저 지인의 부친의 친구분처럼 하염없이 눈물을 훔치는 그런 인간관계가 많아졌으면 좋겠다.

그러니 어쩌다 조문을 가게 되거든 한 번쯤은 우리 자신을 되돌아보자. 지금 이 장례식에서 흘리는 나의 눈물은 대체 몇 그램, 몇 cc일까? 나의 눈물의 농도는, 순도는 몇 퍼센트일까? 적어도 이 한잔의 소주보다는 더 진할 것일까? 그리고 물어보자. 나는 과연 누구의 동서남북일까, 누구의 주일이고 휴일일까, 누구의 정오 누구의 자정일까, 누구의 말 누구의 노래일까. 나는 과연 누군가의 거울 앞에 떳떳하게 설 수 있을까. 한 번쯤 자신의 장례식을 상상해보기를 권한다.

샘 레븐슨 〈세월이 일러주는 아름다움의 비결〉

사람의 아름다움

볼일이 있어 모처럼 강남에 갔다가 소문으로만 듣던 우리 시대 우리 사회의 한 여실한 면모를 내 눈으로 직접 확인했다. 엄청나게 많은 '성형외과'의 간판을 목격한 것이다. 이 정도면 거의 하나의 시대적–사회적 현상이라고 인정할 수밖에 없다.

시중에는 이런 농담도 있다고 들었다. "예쁜 게 좋아, 착한 게 좋아?" "바보야, 예쁜 게 착한 거야!" 웃을 수밖에 없다. 실제로 '예쁜 얼굴'은 인생에서 결정적인 자산의 하나로 작용한다. 〈미녀는 괴로워〉 같은 영화도 그 점을 잘 보여준다. 그러니 예뻐지겠다고 성형을 하는 걸 탓할 수만도 없다. 나도 아름다움에 대한 지향은 누구 못지않다. 철학에서도 미학은 나의 주요 관심사이고, 심지어 '심미성' 내지 '미학성'을 '합리성', '철저성', '도덕성'과 함께 선진국가의 4대 요건 중 하나로 손꼽기도 한다.

그러나! 예쁜 얼굴이 다라면 그건 좀 서글픈 일이다. 명백한 한계도 있다. 아름다움 자체가 지니는 본질적 유한성이 있기 때문이다. 이른바 '화무십일홍'이 그걸 알려준다. 그래서 우리는 영원불변의 아름다움, 진정한 아름다움에 관심을 기울인다. 육신에서 그걸 기대하는 것은 애당초 무리다. 아무리 투자를 해봤자 생로병사를 피할 도리는 없기 때문이다. 서시도 왕소군도 양귀비도 지금은 다 흙으로 돌아가 흔적조차 없다. 그 예쁘던 엘리자베스 테일러도 오드리 헵번도 제럴딘 채플린도 마찬가지다. 그렇다면, 길은 성형이나 화장이나 명품이 아닌 다른 곳에 있다. 그게 정신의 아름다움, 영혼의 아름다움이다. 그게 진정한 '사람의 아름다움'이다.

미모의 정상에 있었던 오드리 헵번이 바로 그걸 보여준다. 그녀도 젊은 시절의 그 미모를 젊지 않은 나이까지 그대로 가져가진 못했다. 하지만 그녀는 그 대신 다른 종류의 아름다움으로 자신을 가득 채웠다. 잘 알려진 바이지만 그녀는 생애 후반을 유니세프 활동에 투신했다. 아프리카의 더위도 모기도 마다하지 않았다. 그녀 덕분에 수많은 아동들이 병으로부터 굶주림으로부터 목숨을 구하기도 했을 것이다. 그래서 그녀의 노년은 저 젊음 적보다 더욱 빛이 났다. 그런 흔적은 사람들의 가슴에 새겨져 지워지지 않는다. 그런 게 진정한 아름다움인 것이다. 그 절정은 그녀의 마지막 순간에 불꽃처럼 반짝였다. 63세 젊은 나이로 세상을 떠나기 1년 전, 마지막 크리스마스이브에 그녀는 두 아들에게 이런 말을 남긴 것이다.

아름다운 입술을 갖고 싶으면

친절한 말을 해라.

사랑스런 눈을 갖고 싶으면

사람들에게서 좋은 점을 봐라.

날씬한 몸매를 갖고 싶으면

너의 음식을 배고픈 사람과 나누어라.

아름다운 머리카락을 갖고 싶으면

하루에 한 번 어린아이가 손가락으로 너의 머리를 쓰다듬게 해라.

아름다운 자세를 갖고 싶으면

너 혼자 걷고 있지 않음을 명심하며 걸어라.

사람은

다른 어떤 '대상'보다도 우선적으로 그리고 더 많이

상처로부터 치유되어야 하고

낡은 것으로부터 새로워져야 하고

병으로부터 회복되어야 하고

무지함으로부터 교화되어야 하고

고통으로부터 구원받고 구원받고 또 구원받아야 한다.

결코 누구도 버려서는 안 된다.

기억해라.

만약 도움을 주는 손이 필요하다면

너의 팔 끝에 있는 손을 이용하면 된다.

더 나이가 들면 손이 두 개라는 것을 발견하게 될 게다.

한 손은 너 자신을 돕는 손이고

다른 한 손은 다른 사람을 돕는 손이다.

감동적인 명언이 아닐 수 없다. 그녀는 어쩌면 자신의 마지막을 감지하고 있었을 것이다. 그런 상황에서 한 말, 더욱이 아들에게 한 말이라면, 이 말엔 그녀의 진심과 영혼이 실려 있다고 보아야 한다. 그녀의 인격이요 인품인 것이다. 이런 생각, 이런 정신, 이런 영혼, 그런 것이 사람의 진정한, 영원한 아름다움인 것이다.

나도 후에 알았지만 이 말은 그녀의 창작이 아니라 그녀가 애독했던 샘 레븐슨(Sam Levenson)의 책 《In One Era & Out the Other》에 있는 〈세월이 일러주는 아름다움의 비결 (Time Tested Beauty Tips)〉이라는 시라고 한다.

For attractive lips, speak words of kindness.

For lovely eyes, seek out the good in people.

For a slim figure, share your food with the hungry.

For beautiful hair, let a child run his fingers through it once a day.

For poise, walk with the knowledge you'll never walk

alone.

...

We leave you a tradition with a future.

The tender loving care of human beings will never become obsolete.

People even more than things have to be restored, renewed, revived, reclaimed and redeemed and redeemed and redeemed.

Never throw out anybody.

Remember, if you ever need a helping hand, you'll find one at the end of your arm.

As you grow older, you will discover that you have two hands: one for helping yourself, the other for helping others.

Your "good old days" are still ahead of you, may you have many of them.

인간 세상에는 성형외과에만, 화장품 가게에만 사람의 줄이 있는 것이 아니다. 서점에도, 대학의 철학과에도, 교회에도, 절에도 보이지 않는 긴 줄이 있다. 거기 줄 서 있는 사람들은 저마다의 방식으로 정신의, 마음의, 영혼의 성형을 꿈꾸고 있다. 집도의만 잘 만난다면 그들의 수술 결과는 아마 나쁘지 않을 것이고 그 효과는 오래 갈 것이다. 더러는 영원의 아름다움도 얻을 것이다. 그런 아름다운 영혼들이 이 세상을 향기 그윽한 꽃밭으로 만들어준다고 나는 믿어 마지않는다. 그리고 이런 종류의 이야기야말로 진정한 미학이라고 나는 믿어 마지않는다. 그 어떤 철학적 미학보다도 더 중요한 진정한 미학. 인간학적 미학. 혹은 윤리적 미학.

밥 딜런 〈영원히 젊기를〉

너, 그리고 너에게 바라는 것

나의 40여 년 철학 편력 중에는 좀 이상하게도 마르틴 부버
가 있다. 부버는 철학자이지만 어떤 철학개론에도 철학사에
도 등장하지 않는다. 일종의 방계? 재야 철학자? 그런 느낌이
다. 그럼에도 그는 내가 처음 철학에 입문했던 저 1970년대
중반, 젊은 철학도들에게 상당한 인기를 끌었다. 특히 그의 책
제목에도 등장했던 '나와 너(Ich und Du)', 그리고 '만남
(Begegnung)', '관계(Beziehung)'라는 개념은 매력과 호소
력이 있었다. "사람의 행동은 사람이 말할 수 있는 근원어에
따라서 이중적이다. 그 근원어는 […] 짝말이다. 그 하나는
'나-너'이고 다른 하나는 '나-그것'이다(Die Haltung des
Menschen ist zwiefältig nach der Zwiefalt der
Grundworte, die er sprechen kann. Die Grundworte
sind nicht Einzelworte, sondern Wortpaare. Das eine
Grundwort ist das Wortpaar Ich-Du. Das andre

Grundwort ist das Wortpaar Ich-Es)"라는 그의 통찰 내지 지적에는 나도 고개를 끄덕였다. 진정한 만남의 바탕인 '나-너' 관계를 나는 그 후 내 식으로 '일대일의 관계, 백 퍼센트 대 백 퍼센트의 관계, 정면으로 마주보는 관계, 인격과 인격이 맞닿는 관계, 영혼이 교차하는 관계' 등으로 부르기도 했다. 살아보니 그런 관계가 사람을 비로소 사람답게, 삶을 비로소 삶답게 만들어주는 진정한 비방이었다.

그런데 요즘 세상에는 그런 '나-너' 관계를 찾아보기가 참으로 어려워진 것 같다. 가족관계 이외에는 거의 대부분의 관계가 오직 이해관계로 맺어지는 삭막한 '나-그것'의 관계가 되고 만 듯하다. 칸트가 저 《실천이성비판》에서 말한 정언적 명령, "그대는 인간성을 그대 자신의 인격에 있어서나 모든 다른 사람의 인격에 있어서나 항상 동시에 목적으로 대할 것이며, 결코 단순한 수단으로 사용하지 않도록 그렇게 행위하라(Handle so, dass du die Menschheit sowohl in deiner Person, als in der Person eines jeden anderen jederzeit zugleich als Zweck, niemals bloß als Mittel brauchst)"가 무색하게 사람들은 대개 다른 사람들을 오직 이익을 위한 수단으로만 대하고 있다. 우리의 인생에서 필수불가결인 저 무수한 2인칭들, 그중 '너(Du)'라는 친칭으로 부를 수 있는 상대는 일생에 걸쳐 도대체 몇 명쯤이나 있는 걸까? 그런 실상을 생각해보면 좀 서글퍼진다.

그런데 세상 모든 사람이 다 그렇지는 않은 것 같다. 너든 그대든 당신이든, 어떤 2인칭에게 바라는 것이 꼭 나의 이익에 필요한 그 무엇만은 아닌, 그런 사람들이 있는 것이다. 그 영토가 비록 아주 넓지는 못할지라도, 적어도 그런 '선(善)의 세계'가 존재하는 것이다. 그 희망을, 그 가능성을 나는 의외로 노벨문학상을 수상해 세계적으로 화제가 된 저 가수 밥 딜런(Bob Dylan)에게서 발견한다. 그의 노래 중 〈영원히 젊기를(Forever Young)〉은 나에게 하나의 구원이었다.

신의 은총과 가호가 항상 당신과 함께하기를
당신의 소망이 모두 이루어지기를
당신이 항상 남을 위해주고
남들은 당신을 위해주기를

별들에 이르는 사다리를 놓기를
그리고 모든 가로대를 오르기를
영원히 젊게 있기를
영원히 젊게, 영원히 젊게
영원히 젊게 있기를

당신이 올바른 사람으로 자라나기를
당신이 진실된 사람으로 자라나기를

항상 무엇이 진리인지 알기를
당신을 에워싼 빛을 볼 수 있기를

당신이 항상 용감하기를
똑바로 서고 굳세기를
영원히 젊게 있기를
영원히 젊게, 영원히 젊게
영원히 젊게 있기를

당신의 손이 항상 바쁘기를
당신의 발이 항상 잽싸기를
변화의 바람이 불어올 때
당신의 뿌리가 튼튼하기를

당신의 심장이 항상 기쁘기를
당신의 노래가 항상 들리기를
영원히 젊게 있기를
영원히 젊게, 영원히 젊게
영원히 젊게 있기를

May God bless and keep you always,
May your wishes all come true,

May you always do for others
And let others do for you.

May you build a ladder to the stars
And climb on every rung,
May you stay forever young,
Forever young, forever young,
May you stay forever young.

May you grow up to be righteous,
May you grow up to be true,
May you always know the truth
And see the lights surrounding you.

May you always be courageous,
Stand upright and be strong,
May you stay forever young,
Forever young, forever young,
May you stay forever young.

May your hands always be busy,
May your feet always be swift,

May you have a strong foundation
When the winds of change shift.

May your heart always be joyful,
May your song always be sung,
May you stay forever young,
Forever young, forever young,
May you stay forever young.

이 노래를 잘 음미해보자. 딜런은 '당신'에게(이 '당신'은 아마도 모든 인류일 것이다) 바라는 것이 있다. 그것은 나에게 뭘 해달라는, 나에게 뭘 내놓으라는 것이 아니다. 이 노래엔 '나'가 없다. 오직 '당신'만이 있다. 그 '당신'에게 신의 은총과 가호를, 당신의 소망이 이루어지기를, 당신이 항상 남을 위해주고 남들은 당신을 위해주기를, 별들에 이르는 사다리를 놓기를, 그리고 모든 가로대를 오르기를, 당신이 올바른 사람으로 자라나기를, 당신이 진실된 사람으로 자라나기를, 항상 무엇이 진리인지 알기를, 당신을 에워싼 빛을 볼 수 있기를, 당신이 항상 용감하기를, 똑바로 서고 굳세기를, 당신의 손이 항상 바쁘기를, 당신의 발이 항상 잽싸기를, 변화의 바람이 불어올 때 당신의 뿌리가 튼튼하기를, 당신의 심장이 항상 기쁘기를, 당신의 노래가 항상 들리기를, 그리고 당신이 영원히 젊게 있기를, 절절한 심정으로 그는 노래하는 것이다. '나'를 위해서가 아니라 오직 '당신'을 위해.

나는 그를 잘 모르지만, 적어도 이 노래 한 곡만 가지고도 그는 충분히 노벨문학상의 자격이 있다고 생각한다. 이건 그저 단순한 노래가 아니라 문학이며, 단순한 문학이 아니라 철학이며, 단순한 철학이 아니라 하나의 기도인 것이다. 혹은, 이것은 어쩌면 하나의 반성문이며, 어쩌면 하나의 경고장이다.

오늘날 우리에게는 '당신'이 없다. '그대'가 없고 '너'가 없다. 오직 욕심 그득한 '나'만이 시뻘건 눈으로 이익을 노리고 있다. 우리는 알게 모르게 '인간'을 잃어가고 있다. '너'가 없는 인간은 아무리 많이 가져봤자, 아무리 높이 올라가봤자, 결국은 반쪽짜리다. 밥 딜런은 그걸 잘 알고 있는 것 같다. 그런 그를 수상자로 결정했으니 역시 노벨상이다. 스웨덴 한림원에 대해 경의를 표하지 않을 도리가 없다. 당신들에게 신의 축복과 가호가 있기를! 그리고 당신들이 그 초심을 잃지 않고 영원히 젊기를!

Ⅵ ■●■ 일본편

무라사키 시키부《겐지 이야기》

시간의 법칙

대학원 수업 시간에 이런저런 토론을 하다가 '시간'이 화제
가 되었다. 회사원인 한 학생이 내가 쓴《인생의 구조》를 읽어
보았다며 이런 말을 들려주었다.

"교수님, 그런데 어떻게 그런 생각을 하셨어요? 인생의 시
간을 두루마리 화장지에 비유하신 거, 그거 진짜 걸작이었습
니다. 인생의 시간은 두루마리 화장지처럼 정해진 한 토막이
주어지고, 안 쓸 수 없고, 순서대로 쓸 수밖에 없고, 쓸수록 빨
리 줄어들고, 언젠간 다 쓰게 된다는 것, 그 유한성, 필연성,
순차성, 가속성… 와, 그거 진짜 진립니다. 진짜 의미심장한
비웁니다. 그거 읽고 나서 저는 화장실 갈 때마다 본의 아니게
철학하게 됩니다. 하하…"

모두 유쾌하게 웃었다. 아닌 게 아니라 그렇다. 우연한 착
상이었지만, 우리네 인생의 시간은 영원불변한 세계의 시간,
아득한 과거에서 현재를 거쳐 아득한 미래로 균일하게 지속되

는 수학적–물리학적 시간과 달리 양과 질을 갖춘, 그리고 내용을 갖춘 유기적인 것이다. 특히나 그 유한성과 불가역성은 우리네 인생에 특유의 어떤 비감을 제공한다. 거스를 수 없는 세월의 법칙성, 그것은 '늙음'이라는 것과 얽힐 때 더욱 확실히 그 위력을 드러낸다. 나이 든 한 여학생은 "요즘 거울 앞에 서면 거기 비치는 자기 모습이 타인처럼 낯설게 느껴질 때가 있어요"라고 말하기도 했다. 그렇다. 세월 속에서 우리는 늙어간다. 그건 거스를 수 없는 이치다. 그 보편성, 법칙성을 확인시켜주는 이야기가 떠오른다.

이웃 일본에는 《겐지 이야기(源氏物語)》라는 고전이 있다. 무라사키 시키부(紫式部)라는 궁중 여관이 1008년에 쓴 엄청난 대작이다. 3대에 걸친 그 대하극을 간단히 소개하는 것은 애당초 무리지만, 그 한 토막에 이런 것이 있다. 주인공인 황자 히카루 겐지는 후궁이었던 어머니 키리쓰보가 일찍 세상을 떠나고 궁중 암투를 염려한 부황이 그에게 신하의 신분을 부여한 관계로 신분에 대한 묘한 콤플렉스를 품은 채 살아가게 된다. 그 과정에서 어머니의 빈자리를 채운 새어머니, 어머니를 쏙 빼닮았다는 고귀한 신분의 후지쓰보에게 연정을 느끼고 사통을 하는 사건을 저지른다. 심지어 동생이자 아들인 황자까지 태어나고 후지쓰보는 이윽고 출가해 비구니가 된다. 그 죄책감이 이 작품의 한 축으로 작용하기도 한다. 그 인과응보일까? 겐지는 훗날 나이 들어 질녀이기도 한 어린 황녀와 정식 혼인을 하게 되는데, 이 철없는 황녀가 겐지의 아들 유기리의 친구인 카시와기와 사통해 역시 아이(카오루)까지 낳게 되는 사건이 발생한다. 겐지는 그 사실을 알게 되고, 어떤 자리에서 그 상대방인 카시와기에게 이런 말을 건넨다.

"지나는 세월에 더해 취해 우는 것도 어쩔 수 없는 이치로구먼. 자네가 마음 걸릴 것 없이 미소하고 있네만 마음 부끄러운 일일세. 그래 봐야 지금 잠깐이라네. 거꾸로는 가지 않는 게 세월이지. 늙음은 피할 수 없는 이치인 게야."

(過ぐる齢にそへては、醉泣きこそとどめがたきわざなりけれ. 衛門督心とどめてほほ笑まるる、いと心恥づかしや. さりとも、いましばしならん. さかさまに行かぬ年月よ. 老は、えのがれぬわざなり.)

젊은 카시와기는 노려보는 겐지의 눈빛에 완전히 압도되어 결국 시름시름 앓다가 거품이 사라지듯 세상을 뜨게 된다.

천 년 전 겐지의 이 말에 시간에 대한 철학적 통찰이 실려 있는 것이다. "거꾸로는 가지 않는 게 세월이지." 천 년 전의 말이라는 게 이 사실의 보편성을 확고히 확인시켜준다. 〈벤자민 버튼의 시간은 거꾸로 간다〉라는 영화도 있긴 하지만 그 영화도 결국은 시간이 절대 거꾸로 흐르지 않는다는 엄연한 사실을 역으로 말해주는 것이다. 〈백 투 더 퓨처〉, 〈타임머신〉, 〈보보경심〉, 〈대에도 신선전〉, 〈신의〉 등 저 수많은 타임슬립 영화나 드라마들도 다 마찬가지다.

시간은 절대 거꾸로 흐르지 않는다. 한 번 흘러간 시간은 결코 되돌릴 수 없다. 우리는 이 냉엄한 진리를 직시해야 한다. 철학이 굳이 이 사실을 강조하는 것은, 그때그때의 시간을 헛되이 낭비하지 말자는 뜻이다. 우리는 시간의 소중함을 의외로 잘 모른다. 인생의 꽃인 청춘에 대해서는 특히 그렇다. 너무나 소중한 청춘을 우리의 젊은이들은 도대체 무엇으로 채우고 있는가. 시험, 성적, 경쟁, 돈 몇 푼을 위한 알바 또 알바, 취업 걱정…. 대학에서 젊은 청춘들을 보면 딱하기가 그지없다. 삶의 무게 때문에 더러는 연애도 결혼도 출산도 포기하고 있다. 그건 그들의 책임이 아니다. 어른들의 책임이다. 구체적으로는 정치와 교육의 책임이다. 이제 그야말로 지혜를 총동원해야 한다. 그래서 저 젊은이들에게 청춘이라는 찬란한 시간을 되돌려줘야 한다. 꿈을 꾸고 도전을 하고 열정을 불태우고 사랑을 하고 여행을 하고 교양을 쌓고 인격을 다듬고…, 그래서 그 세월에 활력과 윤기를 되돌려줘야 한다. 시간은 절대 거꾸로 흐르지 않고, 흘러간 청춘은 다시는 돌아오지 않는 게 이치니까. 늙음은 어김없이 찾아오는 법이니까. 천 년 전에도 그리고 천 년 후에도.

나쓰메 소세키 《풀베개》
지-정-의

"지성에 주력하면 모가 난다. 정에 치우치면 휩쓸려버린다. 고집을 관철하면 거북해진다. 어쨌거나 인간 세상은 살기 힘들다."

(知に働けば角が立つ, 情に棹さおさせば流される, 意地を通せば窮屈だ, とかく人の世は住みにくい.)

일본 근대문학의 한 최고봉인 나쓰메 소세키(夏目漱石)의 《풀베개(草枕)》 첫머리에 나오는 유명한 말이다. 일본 사람들이 엄청나게 아끼는 작가이고 엄청나게 좋아하는 문구다. 나에게는 40여 년 전 일본어를 배우던 때의 한 추억이기도 한데, 인생살이를 하면서 문득문득 실감하는 진리이기도 하다. 특히 직장 생활을 하면서, 수백 명의 실로 다양한 인간 군상을 겪으면서 이 말의 확고한 진리성을 아프게 확인하곤 한다.

소세키가 철학 공부를 했는지 어떤지는 따로 조사해보지

않아 알 수 없지만, 이 말이 철학에서 말하는 인간 정신의 3대 요소, 즉 '지-정-의(이성-감정-의지)'를 염두에 두고 있는 것은 틀림없다. 인간의 존재는 머리끝에서 발끝까지 거의 무한에 가까운 신비로 가득 차 있는데, 육체와 함께 그 절반을 이루는 정신이라는 것이 이런 세 가지 요소로 구성되어 있다는 것도 정말이지 오묘하기 이를 데 없는 신비가 아닐 수 없다. 겪어보면 사람들은 대체로 이 셋 중 어느 하나에 좀 치우쳐 있어 이런저런 문제들을 드러낸다. 그것으로 여러 사람을 힘들게 한다. 세 가지가 조화롭게 어우러져 원융한 인품을 보여주는 이는 뜻밖에도 참 찾아보기가 쉽지 않다.

내가 아는 후배 A는 독일에서 학위를 했는데 정말 우수한 학자가 되었다. 예를 들면 철학자 누구의 무슨 개념이 전집 제 몇 권, 몇 페이지, 몇째 줄에서 어떤 의미로 사용되고 있는지를 꿰뚫어 알고 있을 정도였다. 그런데 그는 그런 지식들을 (부분적으로는 아무래도 좋은 지식들을) 거의 절대시하면서 그것을 공유하지 않는 동료들에게 상처를 줬고 결국은 그 자신이 모난 사람으로 평가되면서 왕따를 자초했다. (일본 학회에 가보면 이런 풍토는 더욱 심해 거의 살벌할 정도로 사람을 긴장시킨다.) 이른바 '지식'의 상당 부분은 사실 몰라도 아무 상관없는 '잡학'에 속한다고 해도 과언이 아니다.

또 내가 아는 어느 동료 B는 자신의 술친구 C와 어찌나 정이 깊던지 그 친구가 저지른 엄청난 비리가 드러나 결국 해임을 당했는데도 끝내 그 객관적 사실조차 외면한 채 그 친구의 편을 들어주고는 했다. 결국 그도 같은 부류의 인간이 되고 말았다. ('유유상종', "Birds of a feather flock together[같은 깃털의 새들이 함께 무리 짓는다]"를 확인시켜준 사례다.) 술로 쌓은 정도 과연 정에 속하는 것일까?

또 내가 아는 한 선배 D는 내가 보기에도 대단한 수준의 학자인데 그의 관점 내지 해석에 몇 가지 명백한 오류가 눈에 띄었다. 그래서 그것을 완곡하게 지적해주었는데, 그는 고집을 꺾으려 하지 않았다. 꺾기는커녕 내가 그것을 지적한 이후 오히려 더 고집스럽게 그 해석을 내세우고 있다. 참으로 갑갑한 일이 아닐 수 없다. 의지와 고집이 다름을 그는 과연 생각이나 해본 적이 있을까? 그런 딱한 느낌이 들기도 한다. 고집은 오만과 편견의 다른 이름일 뿐이다.

이런 사례가 어디 하나둘인가. 세상엔 그렇게 모난 사람, 그렇게 휩쓸리는 사람, 그렇게 갑갑한 사람이 차고 넘친다. 우리 한국은 특히 그렇다. 내가 아는 학계도 정치계도 언론계도 다 마찬가지다. 물론 제대로 된 이성, 제대로 된 감정, 제대로 된 의지는 그것 단독으로도 하나의 위대한 세계를 건설할 수 있다. 그러나 그 어느 것에게도 다른 두 가지 요소가 함께 있음을 우리는 망각하지 말아야 한다. 그 세 가지가 어우러져 비로소 하나의 정신, 하나의 인간이기 때문이다. 그런 원융한 인간을 지금 여기서 기대하는 것은 헛된 꿈일까?

오늘도 나는 정신이 뻑뻑한 주변의 어떤 E와 F 때문에 마음이 몹시 아프다. 이래저래 인간의 세상은 살기 힘들다. 역시 진리가 아닐 수 없다.

카와바타 야스나리《이즈의 춤추는 아이》

좋은 사람

얼마 전 〈나의 아저씨〉라는 드라마를 아주 재밌게 본 적이 있다. 그 드라마에서 남자 주인공인 박동훈 부장이 여자 주인공인 파견직 사원 이지안과 어떤 사건으로 얽히면서 서로의 힘겨운 인생을 알게 되고 서로를 통해 구원을 얻어가게 되는데, 우연히 그녀의 말 못하는 할머니를 조금 도와주는 장면이 나온다. 고마운 마음에 할머니는 손녀인 이지안에게 수화로 이런 말을 한다. "아까 그 사람 참 좋은 사람인 것 같아, 좋은 사람이지?" 그러자 이지안은 역시 수화로 이렇게 응답한다. "잘사는 사람들은 좋은 사람 되기 쉬워." 물론 박동훈은 잘사는 사람은 아니었다. "나, 그렇게 좋은 사람 아니야"라고 나중에 스스로 말하는 장면도 나오지만 그는 정말로 좋은 사람이었다. 그 드라마는 모름지기 사람이 '어떻게', '어떤 식으로' 좋은 사람일 수 있는지를 보여준 수작이었다.

그 드라마를 보면서 나는 많은 생각을 하게 되었다. 특히

'좋은 사람'이라는 것이 하나의 철학적 화두로 다가왔다. 그러면서 문득 또 다른 작품의 한 장면이 자연스럽게 연상되었다. 《설국(雪国)》으로 노벨문학상을 받기도 했던 카와바타 야스나리(川端康成)의 《이즈의 춤추는 아이(伊豆の踊り子)》다. 내용은 둘째 치고 그 지극히 일본적인 분위기 때문에 나는 이 작가의 작품들을 대부분 다 좋아하는데 《고도(古都)》를 포함해 다수가 영화로도 만들어져 인기를 끌기도 했다. 《이즈의 춤추는 아이》는 도쿄 서남부 시즈오카현에 있는 이즈 반도가 무대인데, 주인공인 20세의 고등학생(지금의 대학생)이 슈젠지 온천을 거쳐 남쪽 끝 시모다까지 혼자 도보여행을 하다가 도중 아마기 고개에서 우연히 떠돌이 사당패를 만나 동행을 하게 되고 특히 그중 14세의 순박한 무희 카오루(薫)에게 묘한 끌림을 느끼게 되는, 그리고 결국은 그냥 그렇게 헤어져 각자의 길을 가게 되는 그런 이야기다. 그 과정의 분위기가 참 조용하면서도 아름답다.

그런데 그중에 이런 장면이 나온다.

"한동안 나지막한 목소리가 이어지고 나서 춤추는 아이가 말하는 게 들려왔다. "좋은 사람이에요." "그건 그래, 좋은 사람 같애." "정말 좋은 사람이에요. 좋은 사람은 참 좋아요." 이 말들은 단순하고 개방적인 울림을 갖고 있었다. […] 나 자신도 자기를 좋은 사람이라고 순순히 느낄 수가 있었다. […] 20살의 나는 자신의 성질이 고아 근성으로 삐뚤어져 있다고 엄중한 반성을 거듭했고, 그 갑갑한 우울감을 견디다 못해 여행에 나선 것이었다. 그래서, 세간의 평범한 의미에서 자신이 좋은 사람으로 보인다는 것은, 말할 수 없이 고마운 일이었다. […]"

(暫く低い声が続いてから踊子の言うのが聞えた.
「いい人ね」
「それはそう, いい人らしい」
「ほんとにいい人ね. いい人はいいね」
この物言いは単純で明けっ放しな響きを持っていた. 感情の傾きをぽいと幼く投げ出して見せた声だった. 私自身にも自分をいい人だと素直に感じることが出来た. 晴れ晴れと眼を上げて明るい山々を眺めた. 瞼の裏が微かに痛んだ. 二十歳の私は自分の性質が孤児根性で歪んでいると厳しい反省を重ね, その息苦しい憂鬱に堪え切れないで伊豆の旅に出て来ているのだった. だから, 世間尋常の意味で自分がいい人に見えることは, 言いようなく有難いのだった.)

저 박동훈도 이 '고등학생'도 스스로를 '좋은 사람'이 못 된다고 인식하고 있다. 그런데 저 이지안도 그 할머니도 그리고 이 춤추는 아이도 그 일행들도 다 이들을 '좋은 사람'이라고 말하고 있다. 그 전후 문맥을 들여다보면 사실 별것도 없다.

약간의 친절, 몇 마디의 따뜻한 말, 호의적인 눈빛, 그런 게 다다. 그러나 우리는 이런 문학의 행간에 감추어진 어떤 보이지 않는 글자를 읽을 줄 알아야 한다. 저 박동훈도 이 고등학생도 이미 저 가난한 할머니와 저 비천한 사당패와 그 시간과 공간을 함께하고 있는 것이다. 더욱이 그들에게 따뜻한 것이다. '함부로'가 없다. 그런 바탕이 이미 이들에게 전제되어 있는 것이다. 바로 그런 따뜻함('やさしさ')이, 더욱이 스스로를 '좋은 사람'이 못 된다 여기는 자기반성과 자기겸손이 저들로 하여금 좋은 사람이라는 소리를 듣게 하는 자격을 부여하는 것이다.

그런데 그 대치점에 있는 '좋지 못한 사람', '나쁜 사람'은 어떠한가. 그들은 자기반성과 자기겸손이 없다. 다른 사람에 대한 약간의 친절이 없고 따뜻한 말, 호의적인 눈빛, 그런 게 없다. '좋은 사람' 그 자체에 대한 관심이 없다. 그들은 오직 이익에 대해서만 눈길을 보낸다. 돈, 지위, 명성, 출세… 그런 것에 대해서는 따뜻할 정도가 아니라 뜨거운 눈길을 보낸다. 그것을 위해 무엇이든 함부로 한다. 더욱이 자기 자신을 '나쁜 사람'이라고 인식하지도 않고 말하지도 않는다. '나는 죄인이로소이다'라고 생각하는 순간 그 죄인에게는 구원의 싹이 튼다. 그 순간, 그는 이미 '나쁜 사람'이 아닌 것이다.

나도 살면서 제발 저 이즈의 춤추는 아이처럼, 그 오라비 에이키치처럼, 저 이지안처럼, 그 할머니처럼, 주변의 누군가를 보고 그런 말을 좀 해봤으면 좋겠다. "그 사람 참 좋은 사람이야." 그런데 그런 사람은 잘 눈에 띄지가 않는다. 자꾸 뉴스에 등장하는 저 갑질하는 갑들이 먼저 떠오른다. 그러나 어딘가에 '좋은 사람'이 아마 없지는 않을 것이다. 어쩌면 많을 것이다. 바로 우리 가까운 주변에. 다만 그들은 뉴스에 나오지 않을 뿐이다. 잘 드러나지 않을 뿐이다. 그렇게 믿고 싶다.

시바타 토요 〈행복〉

연륜의 행복론

어느 신문에서 국가별 행복도 순위에 관한 기사를 읽었다. 뜻밖에 히말라야의 빈국 부탄이 세계 1위였다. 그 이웃 네팔도 최상위권이었다. 아주 친한 동료 한 분이 네팔과 공동 교육 사업을 하고 있어 그곳 이야기를 많이 들은 터라 특별히 관심이 갔다. 한편 비교적 잘사는 우리 한국은 거의 최하위권이었다. 모든 가치가 다 내쳐지고 오직 돈만이 기세등등한 사회이니 수긍이 가기도 했다. 행복이 모든 인간 행위의 최종 목표임은 굳이 저 아리스토텔레스의 《니코마코스 윤리학》을 원용하지 않더라도 모든 인간들이 이미 자연스럽게 숙지하고 있다. 그리고 동서고금을 막론하고 우리 인간들은 주로 부귀공명을 통해 (즉 돈, 지위, 업적, 명성을 통해) 그 행복이라는 걸 얻으려 한다. 그게 인생의 거의 전부라 해도 과언이 아니다. 그걸 바라는 것, 그리고 그 반대인 빈천을 피하는 것은 인지상정이다. 공자의 어록인 《논어》에도 그 점이 적시돼 있다. ("富與貴

是人之所欲也. 貧與賤 是人之所惡也.") 그러나 대개의 경우 부귀는 높고 먼 데 있고, 빈천은 낮고 가까운 데 있다. 그렇다면 대부분이 불행할 것이다. 그러나 현실은 그렇지 않다. 행복은 반드시 부귀와 비례하지 않는다. 저 부탄과 네팔이 그것을 알려준다. 재벌도 고관대작도 불행할 수 있고 돈 없고 백 없는 이도 얼마든지 행복할 수 있다. 빈천을 찬미할 수는 없지만, 행복은 의외로 사소한 데서 찾을 수 있다. 살아보면 볼수록 그 점은 점점 명백해진다. 그 하나의 증거를 발견했다.

지난 2010년 이웃 일본에서 얄팍한 시집 한 권이 엄청난 화제를 불러일으켰다. 시바타 토요(柴田卜ヨ)라는 98세의 평범한 여성이 낸 《꺾이지 말고(くじけないで)》라는 시집이다. (한국어판 제목은 《약해지지 마》) 1년 사이에 무려 24쇄, 150만 부를 찍었다. 그녀는 잇따라 《백세(百歳)》라는 제2시집도 냈다. 읽어보면 문장은 거의 초등학생 수준이다. 그런데도 그 내용은 사람의 마음을 두드린다. 어쩌면 백 년의 세월이 그 쉬운 단어 하나하나에 녹아 있기 때문일 것이다. 그중에 이런 것도 있다. 제목은 〈행복(幸せ)〉.

이번 주는
간호사님이 목욕을
시켜주었습니다
아들의 감기가 나아서

둘이서 카레를
먹었습니다
며느리가 치과에
데리고 가
주었습니다
얼마나 행복한
날의 연속인지요

손거울 속의 내가
빛나고 있네요

今週は
看護師さんにお風呂に
入れてもらいました
倅の風邪がなおって
二人でカレーを
食べました
嫁が歯医者に
連れて行って
くれました
なんて幸せな
日の連続でしょう

254

手鏡のなかの私が

輝いています

　이게 다. 이런 것도 시? 아니, 이런 것이야말로 시다. 사람
의 마음에 남는 잔영이 있기 때문이다. 이 할머니 시인은 행복에
겨워 한다. 그런데 그게 저 부귀공명과는 아무 상관이 없다. 간
호사가 목욕을 시켜주고, 아들의 감기가 나아 함께 카레를 먹고,
며느리가 치과에 데려다주고…, 그런 게 행복의 재료인 것이다.
그런 게 행복의 정체인 것이다. 겪어본 사람은 고개를 끄덕일 수
밖에 없다. 몸이 불편해 목욕을 못하게 된 경우, 아들이 (혹은 딸
이) 감기로 고생하는 걸 지켜보는 경우, 혹은 속을 썩이는 경우,
맛있는 카레를 먹지 못하는 경우, 며느리와 사이가 쌀쌀한 경우,
아픈데도 치과에 가지 못하는 경우…, 그런 무수한 경우에 우리
는 행복할 수가 없다. 그러니 그걸 이렇게 다 누린 이 할머니의
이번 주는 행복할 수밖에 없는 것이다. 이 할머니는 지난 백 년
의 삶을 통해 그 행복의 정체를 깨달아 알고 있는 것이다. 꼭 여
기에 견줄 수는 없지만 나도 수년 전 엇비슷한 졸시를 한 편 쓴
적이 있다. 제목은 〈숨바꼭질, 또는 봄빛의 속삭임〉.

　나 어디 있게?

　날 찾아봐

　어딘가 있어

잘 안 보이지만, 없는 건 절대로 아냐

어쩌면

네 아침상 접시 위에 있는지도 몰라

어쩌면

네 전화 속에 숨어 있을지도 몰라

바로 네 곁이야

잘 봐

창밖의 구름

창가의 화분

너의 책상

너의 침대

어딘가 있어, 잘 찾아봐

나? '행복'이야

이 시는 고맙게도 부산 지하철 서면역에 김춘수의 〈꽃〉과 마주 보며 한동안 커다랗게 걸려 있었다. 그 바쁜 출퇴근의 와중에 도대체 몇 명쯤의 시민들이 이 시를 읽고 숨바꼭질하는 각자의 행복을 찾아보았는지는 알 수 없다. 그러나 잘 찾아보기 바란다. 행복은 틀림없이 있을 것이다. 우리의 아주 가까이. 식탁에, 책상에, 침대에. 그리고 무엇보다도 가족들의 건강한 웃음 속에. 아마 한 백 년쯤 살면 저절로 깨닫게 될 것이다.

타니카와 슌타로 〈슬픔〉

어떤 분실물

일본의 현대시 한 편을 소개한다. 타니카와 슌타로(谷川俊太郎)의 시집 《20억 광년의 고독(二十億光年の孤独)》에 실린 〈슬픔(かなしみ)〉이라는 시다.

저 푸른 하늘의 파도소리가 들리는 언저리에
무언가 엄청난 것을
나는 잃어버리고 온 것 같다

투명한 과거의 역에서
분실물 보관소 창구에 서니
나는 더더욱 슬퍼지고 말았다

あの青い空の波の音が聞こえるあたりに
何かとんでもないおとし物を

僕はしてきてしまったらしい
透明な過去の駅で
遺失物係の前に立ったら
僕は余計に悲しくなってしまつた

젊은 시절, 도쿄에서 살 때 나는 이 시를 무척이나 좋아했다. 30여 년이 지났지만 지금도 나는 이 시를 좋아한다. 오랜만에 빛바랜 옛날 사진첩을 뒤적이다가 문득 이 시가 다시 떠올랐다. 그렇다. 내게도 그리고 누구에게도 "저 푸른 하늘의 파도소리가 들리는 언저리"가 있다. 그것은 "투명한 과거의 역"이라고도 표현된다. 말하자면 그것은 순수의 세계다. 지금 피 튀기는 권력 다툼을 하는 누군가에게도, 주가의 등락을 보며 눈에 핏발을 세우는 누군가에게도, 그 가슴 깊숙한 곳 어느 한켠에는 이런 순수의 세계가 있을 것이다. 이 시인이 말하듯 그것은 이미 '과거'다. 그 어딘가에 우리는 "무언가 엄청난 것"을 잃어버리고 지금, 이 현재로 달려온 것이다. 정신없이 바쁘고 고단했던 그 삶의 과정에서, 그 역사의 과정에서, 우리는 대체 무엇을 얻었고 무엇을 잃어버렸는가? 이 시는 잠시 멈추어 뒤를 돌아보라고 권한다. 그리고 거기 두고 온 무언가가 얼마나 말도 안 되게 소중한 것이었는지를 깨닫게 한다. 결론은 결국 '슬픔'뿐일지도 모른다. 하지만 그런 슬픔이 우리 인간에게는 그나마 작은 구원이 될 수도 있다.

지금 당신의 주변을 한번 둘러보기 바란다. 개인차야 당연히 있겠지만 각자 나름대로의 치열한 삶에서 획득한 전과물이 쌓여 있을 것이다. 그런데 당신은 그것들로 인해 과연 얼마나 행복을 느끼는가. '이건 아닌데…' 하는 생각이 든다면 당신의 과거를 한번 돌아보기 바란다. 지금은 없어진, 그러나 예전에는 분명히 존재했던 무언가가 있다. 시인 타니카와에게는 그것이 전쟁 이전의 평화였을 수도 있다. 일본은 그것을 분실했었다. 혹은 단순한 '젊음'일 수도 있다. 혹은 '낭만' 혹은 '열정' 혹은 '꿈' 혹은 '도전'일 수도 있다.

중요한 것은, 어느 시집의 제목처럼, '지금 알고 있는 걸 그때도 알았더라면' 하는 아쉬움과 회한이 그런 돌아봄에는 필연적으로 동반된다는 것이다. 그래서 그것은 '슬픔'을 야기하는 것이다. 이제 와 그 '분실물'을 '과거의 역'에서 찾아본들, 돌아오는 것은 '슬픔'뿐이다. 그러나 이것이 그냥 센티멘털한 한탄으로 끝나지 않는 것은, 아직도 우리에게 삶의 과정이 끝나지 않았기 때문이다.

지금의 이 현재도 미래에서 보면 바로 그 '과거'다. 과거가될 이 현재에도 아직 "저 푸른 하늘의 파도소리가 들리는 언저리"가 있다. 여기서라도 우리는 "무언가 엄청난 것"을 잃어버리지는 말아야 한다. 가족의 사랑, 화목, 건강, 그런 것도 아마 그중 하나임에는 틀림없을 것이다. 그것이 권력이나 돈보다 더 소중한 것도 아마 틀림없을 것이다. 또다시 잃어버리고 아쉬워한들 소용이 없다. '투명한 과거의 역', '분실물 보관소 창구'에는 사실 그 분실물을 되돌려줄 직원이 없다. 분실하지 않는 것이 최선이다.

무라카미 하루키 《노르웨이의 숲》

상실

　가까웠던 동료 한 사람이 갑자기 별세했다고 연락이 왔다. 교통사고였다. 문상을 다녀오면서 지난 30년간의 이런저런 일들이 마치 소설처럼 뇌리를 스쳐갔다. 몇 년 전에는 유학 시절 친하게 지냈던 한 일본 친구가 역시 갑자기 세상을 떴다. 뇌종양이었다. 그와의 추억도 쓰자면 책 한 권이다. 그런 일들이 이젠 당연한 듯이 생겨난다. 그 빈자리가 휑하니 넓다. 그럴 땐 마음이 한없이 슬프고 외로워진다. 40여 년 전 대학 시절, 어릴 적 죽마고우였던 G가 제대를 하루 앞두고 사고사를 당했을 때도 마찬가지였다. 그땐 눈물도 참 많이 흘렸다. 그와의 어린 시절─청춘 시절의 추억만 소설로 써도 난 아마 헤르만 헤세를 능가할 것이다.

　오랜만에 G와도 함께 친했던 어릴 적 친구 I를 만났다. 그동안 까맣게 잊고 있었던 고향 친구들 소식을 전해 들었다. 그동안의 일들이 한 명 한 명 다 소설 한 권이었다. 새삼 느꼈다.

그들과의 추억도 분명 내 삶의 일부분이었는데, 어느새 나는 그 모든 것을 다 잃어버리고 있었던 것이다. 그중 H는 이혼을 하고 술에 절어 지낸다 했다. 그는 인생의 절반을 잃어버렸을 것이다. 나는 도대체 또 무엇을 내 삶의 발꿈치 뒤에 잃어버리고 지금 여기에 와 있는 걸까? 생각해보니 한도 끝도 없다. 인생 그 자체가 상실의 연속이라는 느낌이 든다.

이런 생각을 하고 있자니 저 무라카미 하루키(村上春樹)의 소설 《노르웨이의 숲(ノルウェイの森)》이 떠오른다. 동명의 영화도 봤다. 그 소설에서도 상실이라는 것이 주제의 한 축을 이루고 있었다. 소설의 첫머리에서부터 주인공 '나(와타나베 토루)'는 이런 말을 한다.

"그러나 그 풍경 속에 사람의 모습은 보이지 않는다. 아무도 없다. 나오코도 없고 나도 없다. 우리는 도대체 어디로 사라져버린 것일까. […] 그토록 중요해 보였던 것, 그녀와 그때의 나와 나의 세계는, 다 어디로 가버린 걸까."

(しかしその風景の中には人の姿は見えない. 誰もいない. 直子もいないし, 僕もいない. 我々はいったいどこに消えてしまったんだろう, と僕は思う. どうしてこんなことが起りうるんだろう, と. あれほど大事そうに見えたものは, 彼女やそのときの僕や僕の世界は, みんなどこに行ってしまったんだろう, と.)

그는 친구인 키즈키를 자살로 잃고, 그의 연인이었던 나오코와 연인관계가 되지만 결국 그녀도 나중에 자살로 잃게 된다. 그 분위기가 무겁고 칙칙하기 짝이 없다. 이 소설이 한국에서 《상실의 시대》로 번역된 것은 아마 우연이 아닐 것이다. 거기엔 하루키 자신의 체험에 의한 인생론적 통찰이 깔려 있는 듯했다. 그건 분명해 보인다. 그의 산문집 《한없이 슬프고 외로운 영혼에게》에서 그 자신이 이렇게 말하고 있기 때문이다.

"우리는 일생 동안 귀중한 그 무엇인가를 항상 잃어버리는 일을 반복한다. 그것이 인생이다. 그렇다. 나는 모든 것은 그 가치를 상실할 운명을 가지고 있다고 생각한다. 모든 것은 이미 상실된 것이고 아직 그 가치를 유지하고 있다고 하더라도 결국 나중에는 시간이 흐르면서 상실될 수밖에 없는 처지인 것이다. 잃어버린 것을 원래대로 돌려놓는다는 것은 누구라도 불가능하다. 지구는 그렇기 때문에 태양의 둘레를 계속해서 돌고 있는 것이다."

나는 하루키를 썩 좋아하는 편은 아니지만 이런 말에는 동조하지 않을 수가 없다. 삶의 진실을 건드리고 있기 때문이다. 그런 한에서 철학이기 때문이다.

철학은 일종의 '사고 게임', '언어 게임', '개념 게임'인 셈인데, 그 개념들에는 철학자들의 관심과 통찰이 여실히 반영되어 있다. 그중에는 밝은 유채색의 개념군도 있고 어두운 무채

색의 개념군도 있다. 전자는 +(플러스) 전자를 띤 양이온이고 후자는 −(마이너스) 전자를 띤 음이온이다. 이를테면 행복, 윤리, 정의, 진리, 선, 미, 덕 등등이 전자에 속하고, 고통, 투쟁, 부정, 죽음, 절망, 한계, 상처, 상실 등등이 후자에 속한다. 이 중 어느 하나가 결여되어도 온전한 철학이라고 할 수 없다. 하루키의 문학은 그래서 철학에 기여한다.

그러나 이 양자는 서로 연결돼 있다. 상실은 좌절, 절망, 죽음으로 향하는 통로가 아니다. 오히려 그 반대일 수도 있다. 물이나 공기처럼, 빈자리는 곧바로 신선한 새것으로 채워지는 것이 자연의 한 이치이기도 하기 때문이다. 나오코를 잃은 토루가 그녀처럼 자살을 택하는 대신 미도리에게 전화를 거는 것도 그런 방향을 보여준다. 그는 이렇게 말한다.

"너랑 꼭 이야기가 하고 싶어. 이야기할 게 너무 많아. […] 세상에서 너 말고 원하는 건 아무것도 없어. 너랑 만나서 이야기하고 싶어. 모든 걸 너랑 둘이서 처음부터 시작하고 싶어."

(君とどうしても話がしたいんだ. 話すことがいっぱいある. 話さなくちゃいけないことがいっぱいある. 世界中に君以外に求めるものは何もない. 君と会って話したい. 何もかもを君と二人で最初から始めたい, といった.)

그리고 그는 "나는 그 어디도 아닌 장소의 한가운데서 미도리를 계속 부르고 있었다(僕はどこでもない場所のまん中から綠を呼つづけていた)"라는 말로 이 소설을 끝맺고 있다. 아마 그래서 이 소설이 영화화됐을 때, 그 광고 카피로 "깊이 사랑하기, 강하게 살아가기(深く愛すること, 強く生きること)"라는 게 채택되었을 것이다.

상실은 피할 수 없다. 그것은 삶 그 자체의 그림자와 같기 때문이다. 삶에서의 모든 획득과 축적은 이미 상실을 전제로 한다. 우리는 잃기 위해서 모은다(가진다)고 말해도 좋다. 그래서 상실은 매순간 현재진행형이다. 그러나 우리는 잃어버린 뒤만 돌아볼 수는 없다. '그럼에도 불구하고'를 외치며 앞으로 나아가야 한다. 계속 전진. 마치 끝없이 태양을 돌고 있는 이 지구처럼. 아니, 끝없이 자신을 태워 없애면서도 계속 불타고 있는 저 태양처럼. 그게 삶이기 때문이다.

히가시노 케이고 《나미야 잡화점의 기적》

백지의 의미

2018년 여름, 기록적인 폭염으로 머릿속이 하얗게 비어버렸다. 본의 아니게 요즘 유행하는 '멍 때리기'를 하고 있다가 아내의 권유로 히가시노 케이고(東野圭吾)의 《나미야 잡화점의 기적(ナミヤ雜貨店の奇跡)》을 읽게 되었다. 이 소설이 국내에서 100만 부 이상 팔렸고 대학생들이 가장 많이 읽은 책이라는 기사를 접했을 때 나는 내심 마음이 많이 불편했다. '왜 하필 일본 책이야…', '한국의 독자들은 저 일제 36년을 까맣게 잊어버린 건가…', 그런 마음이 없지 않았기 때문이다. 그런데 한 3분의 1쯤 지나면서부터 나는 납득할 수밖에 없었다. 국적 불문, 이건 명작이라고, 수작이라고, 누구든 꼭 읽어봐야 할 책이라고, 그렇게 인정할 수밖에 없었다. 거기엔 '인생'에 대한 성찰이 있었고, '가치'에 대한 지향이 있었고, 무엇보다 사람에 대한 '따뜻함'이 (일본인들이 말하는 '야사시사[やさしさ]'가) 깔려 있었다. 소설적인 수완과 재미는 덤이었

다. 어떻게 이런 기발한 착상을 했을까?

폐점한 낡은 잡화점이 현재와 과거를 잇는 일종의 타임머신이 되어 있다. 원래 주인이었던 나미야 유지가 아이들을 상대로 재미삼아 고민 상담을 해주던 곳이다. 거기 도주 중인 강도 세 명(아쓰야, 쇼타, 코헤이)이 숨어들면서 과거로부터 온 불가사의한 편지를 받고 호기심으로 그 편지에 답장을 해주는 이야기다. '달나라 토끼', '생선가게 뮤지션', '그린 리버', '폴레논', '길 잃은 강아지'(본명 '키타자와 시즈코', '마쓰오카 카쓰로', '카와베 미도리', '후지카와 히로시[와쿠 코스케]', '무토 하루미'), 다섯 명의 상담자의 사연이 주축을 이룬다. 묘하게도 이들은 나미야 잡화점 인근의 고아원 '마루코엔(丸光園)'과 얽혀 있다. 대미에서 그 배경이 밝혀진다. 그 고아원의 설립자 미나즈키 아키코와 잡화점 주인 나미야 유지가 그 옛날 이루지 못한 애틋한 사랑의 주인공들이었던 것이다. 추리소설로 이름을 날린 히가시노답다. 도중에 몇 번씩이나 울컥하거나 징해지는 장면이 있다. 그것만으로도 소설로서는 이미 성공이다. 하여간 대단한 작품이었다.

그런데 이 소설의 마지막 부분에서 도둑들이 시차 확인 삼아 보낸 백지 편지에 대해 30년 전의 나미야 노인이 정성껏 써 보낸 답신이 소개된다. 거기엔 묘한 철학이 스며 있다. 많은 생각을 하게 한다. 내용은 이렇다.

이름 없는 아무개 씨에게

일부러 백지를 보내신 이유를 노인네 나름으로 숙고해보았습니다. 이건 뭔가 있는 게 틀림없다, 함부로 답장을 쓸 순 없겠다 생각했습니다.

늙어 멍청해져가는 머리에 채찍질을 하며 생각한 결과, 이건 지도가 없다는 의미구나 해석했습니다.

저에게 고민 상담을 해오는 분을 미아에 비유하면, 많은 경우, 지도를 갖고 있지만 보려고 하지 않는, 혹은 자기 위치를 알지 못하는, 그런 상태입니다.

그런데 아마도 당신은 그 어느 쪽도 아닌 거겠지요. 당신의 지도는 아직 백지인 겁니다. 그러니 목적지를 정할래도 길이 어디에 있는지조차 알 수 없는 그런 상황이겠지요. 지도가 백지여서야 당연히 곤란하겠지요. 누구든 어쩔 바를 모를 겁니다.

하지만 생각을 바꿔보십시오. 백지이기 때문에 어떤 지도든 그릴 수 있습니다. 모든 것이 당신 하기 나름입니다. 모든 게 자유이고, 가능성은 무한히 펼쳐져 있습니다. 이것은 멋진 일입니다. 부디 자신을 믿고 그 인생을 후회 없이 불태우실 것을 진심으로 빌겠습니다.

고민 상담의 답장을 쓰는 일은 더 이상 없을 거라 생각됩니다. 마지막으로 멋진 난문을 주신 점, 감사드립니다. — 나미야 잡화점

（さて、名無しの権兵衛さんへ．

わざわざ白紙をくださった理由を爺なりに熟考いたしました．これは余程のことに違いない，迂闊な回答は書けないぞと思った次第です．

耄碌しかけている頭にむち打って考え抜いた結果，これは地図がないという意味だなと解釈いたしました．

私のところへ悩みの相談を持ち込んでくる方を迷子に喩えますと，多くの場合，地図は持っているが見ようとしない，あるいは自分のいる位置がわからない，という状態です．

でもおそらくあなたは，そのどちらでもないのですね．あなたの地図は，まだ白紙なのです．だから目的地を決めようにも，道がどこにあるかさえもわからないという状況なのでしょう．

地図が白紙では困って当然です．誰だって途方に暮れます．

だけど見方を変えてみてください．白紙なのだから，どんな地図だって描けます．すべてがあなた次第なのです．何もかもが自由で，可能性は無限に広がっています．これは素晴らしいことです．どうか自分を信じて，その人生を悔いなく燃やし尽くされることを心より祈っております．

悩み相談の回答を書くことは，もうないだろうと思っておりました．最後に素晴らしい難問をいただけたこと，感謝申し上げます．— ナミヤ雑貨店）

나미야 노인의 인생 마지막 답신이었다. 이 노인네의 이 '백지의 철학'이 내게는 깊은 인상으로 남았다. 하기야 인생 자체가 백지에 지도를 그려가는 일이다. 그리는 사람은 결국 자기 자신이다. 그려가는 그 선 하나하나는 그때그때 자신의 실존적 선택이기도 하다. 그 가능성은 정말이지 무한이다. 동으로 갈 수도 서로 갈 수도, 그리고 남으로 갈 수도 북으로 갈 수도 있다. 그게 인생의 어려움이기도 하고 또한 묘미이기도 하다. 맥락은 조금씩 다르지만, 소크라테스에게도 로크에게도 하이데거에게도 데리다에게도 그런 백지의 철학이 있었다. ('무지', '백지-빈판', '무', '여백-흰 글씨' 등의 개념들이 다 '아무것도 없는 것', '아무것도 아닌 것'이 갖는 의미와 연관되는 철학이었다.) 불교의 '공(空)'도 노자의 '무(無)'도 일종의 그런 철학이다. 아무것도 없는 것은 아무것도 아닌 것이 절대 아니다. 아무것도 없는 것 속에 모든 것이 있을 수 있다. 백지는 우리 인생의 매 순간, 검은 글씨를, 혹은 검은 선을 기다리고 있다. 그게 결국은 현실이 된다. 삶이 되고 역사가 된다.

자, 오늘 하루 이 빈 시간 속에 나는, 우리는, 그리고 우리나라는, 무슨 글자를 쓰고 무슨 지도를 그려야 할까? 어디로 가야 할까? 인생을 사는 우리는 보통 갈 바를 잘 모른다. 물어볼 것이 하나둘이 아니다. 우리 동네에도 고민 상담을 해주는 '나미야 잡화점'이 하나 있었으면 좋겠다.

타와라 마치 《초콜릿 혁명》

거품, 백년 후

여름이다. 밤이다. 혼자서 맥주를 한잔 홀짝거리다가 문득
일본의 시구 하나가 떠올랐다.

> "토속 맥주의 거품도 부드러운 지금 가을밤 백 년 지난 후에는
> 아무도 없을 테지"

> (地ビールのバブル優しき秋の夜百年たったらだあれもいない)

이런 번역으로 이 시의 맛이 제대로 전달이 될지는 모르겠
다. 기가 막힌 명구다. 1987년 일본을 뒤흔든 《샐러드 기념일
(サラダ記念日)》을 냈을 당시 타와라 마치(俵万智)는 20대 중
반의 여대생이었다. 그 후속 편인 1997년의 이 시가집 《초콜
릿 혁명(チョコレート革命)》 역시 공전의 히트였다. 일본 전통
시가인 단가(5-7-5-7-7의 정형시)의 형식에 지극히 현대적

인 감각의 톡톡 튀는 연애담을 실어 담았다. 온 일본이 열광했다. 그중의 하나로 이 시가 포함돼 있다. 장면 속의 그녀는 아마도 여행 중일 것이다. 지방의 토속 맥주를 한잔하다가 그 부드러운 거품의 맛과 더불어 아마 느꼈을 것이다. 지금 이리저리 얽혀 살고 있는 이 수많은 인간들도 백 년만 지나면 결국 모두 이 거품처럼 사라져 없으리라는 걸. 가을밤이라 아마도 더욱.

'백 년 지나면 아무도 없다'는 이 사실, 이 준엄한 사실을 우리는 너무나 잘 알지만 보통은 거의 의식하지 않은 채 현재에 몰두해 각자의 삶을 살고 있다. 여기엔 기묘한 대비가 있다. '이' 가득함과 '저' 텅 빔. '이' 엄청난 사람들과 '저' 아무도 없음. '이' 절실함과 '저' 아무것도 아님. 그 사이에 기껏해야 백 년의 시간이 가로놓여 있는 것이다. '저' 텅 빔에 비추어보면 '이' 모든 것은 결국 맥주의 거품과 다를 바가 없다. 그런데도 지금은 이 맥주의 거품이 나의 현존인 것이다. 더욱이 그것은 '부드럽다'. 그 한순간의 부드러운 감각이 나의 현존을 가득 채우고 있는 것이다.

우리의 삶이란 그런 것이다. 그러니 일단은 이 한순간에 집중하자. 이 한잔의 토속 맥주에 매달리자. 이 맥주의 거품에 감동하고 이 거품의 부드러움과 함께 행복을 삼키자. 어쩌면 그것은 영문도 모른 채 부여받은 삶을 살고 있는 우리 모두의 신성한 의무인지도 모른다. 물론 그것이 어디 맥주뿐이겠는

가. 그것은 다만 하나의 대표, 하나의 상징. 다른 대체자들은 도처에 널려 있다. 그것은 커피여도 좋고 빵이어도 좋고 그냥 산책이어도 좋고 데이트여도 좋다. 야구여도 좋고 드라마 시청이어도 좋다. 그게 '사람'이라면, 특히 '여자' 혹은 '남자'라면 더할 나위 없다. 그 한순간의 '부드러움'이, '나긋함'이 중요한 것이다.

'거품의 부드러움', 나는 이것이 우리의 삶을 대변하는 하나의 철학적 상징이라고 해석한다. 우리의 삶이란 그런 것이다. 거품. 그러나 부드러운 거품. 상냥한, 따스한, 친절한, 어렵지 않은 거품. '야사시이(優しい)'라는 일본어는 이 모든 감각들을 포괄적으로 함축하고 있다. 그런 것을 추구하며 즐기며 그렇게 우리는 살고 있다. 그렇게 살 수밖에 없다. 그런 것을 철학에서는 삶을 적셔주는 '의미'라고도 부른다.

그러나 우리는 항상 염두에 둘 필요가 있다. 그 모든 것이 결국 거품이라는 것을. 백 년만 지나도 아무도 없다는 것을. 모든 게 다 아무것도 아니게 된다는 것을. 삶의 거의 전부를 걸고 있는 그리고 모질게 집착하고 있는 돈도, 권력도, 지위도, 명성도, 혹은 사랑조차도 백 년 후에는 다 텅 비게 된다는 것을. 그러니 정도껏 해야 한다. 삶이 상하지 않을 정도로만.

타와라 마치가 이런 철학을 알고서, 그것을 말하기 위해서 저 시구를 썼는지 어떤지는 모르겠지만, 우리는 이것을 이렇게 읽을 수도 있는 것이다. 그래서 나는 이렇게 정리해본다.

'거품의 부드러움을 즐기자. 최선을 다해. 그러나 잊지는 말자. 그것이 결국 거품이라는 것을.'

그러면 적어도 지금의 한국인들처럼 거품의 노예가 되는 일은 없을 것이다. 현재와 백 년 후를 함께 보는 그런 마음의 거리, 그것을 우리는 철학적 성숙이라고 부르기도 한다.

요시모토 바나나 《키친》

한계와 절망, 그리고 그 다음

나는 과일을 무척 좋아하는 편인데 그중에서도 바나나를 특히 좋아해 아침에는 거의 거르는 일이 없다. 어쩌면 저 1950년대 중반, 초등학교도 들어가기 전, 그 귀하디귀한 바나나를 신기하게 호들갑을 떨며 먹어보았던 첫 기억이 너무 좋았기 때문인지도 모르겠다. 1980년대 초, 도쿄 유학 시절, 사쿠라 모모코의 《꼬마 마루코 짱》(한국어판 제목은 《마루코는 아홉 살》)이라는 인기 만화가 있었는데, 거기서 어린 마루코가 이런저런 과일을 다 먹고 품평을 하다가 "역시 과일의 제왕은 바나나였다!"고 외치는 장면이 있었는데, 그때 나도 속으로 "음, 역시 바나나지!" 하고 웃으며 동조했었다. 꼭 그 때문은 아니지만, 요시모토 바나나(吉本バナナ)라는 작가가 '떴을' 때, 자연스럽게 관심이 갔다. 특히 대표작인 《키친(キッチン)》은 흥미롭게 읽었다. 동명의 영화도 재밌게 봤다. 이 작품에는 미카게라는 여주인공이 부모와 할머니까지 모두 잃고 망

연자실 부엌에 틀어박혀 지내던 중 할머니를 통해 알던 이웃 유이치와 그 어머니(실은 성전환한 아버지) 에리코의 호의로 함께 지내게 되는 설정으로 이야기가 전개된다. 그 1부 끝부분에 에리코와 미카게가 이런 대화를 나누는 장면이 있다.

"[…] 나도 유이치를 키우면서 그걸 알겠더라구. 괴로운 일도 엄청, 엄청 많았지. 정말로 홀로 서고 싶은 사람은, 뭔가를 키워보는 게 좋아. 아이라든지, 화초라든지. 그러면 자기 한계를 알게 돼. 거기서부터가 시작이야."

노래하듯, 그녀는 그녀의 인생철학을 말했다.

"여러 가지로 힘든 일이 많네요."

감동해서 내가 그렇게 말하자,

"다 그렇지 뭐. 하지만 인생이란 정말 한번 절망해보지 않으면, 그래서 자기가 정말 버릴 수 없는 게 뭔지를 알지 못하면, 정말로 즐거운 게 뭔지 모르는 사이에 어른이 돼버리는 것 같아. 난 그나마 다행이었지."

하고 그녀는 말했다.

(「[…] あたしだって, 雄一を抱えて育ててるうちに, そのことがわかってきたのよ. つらいこともたくさん, たくさんあったわ. 本当にひとり立ちしたい人は, なにかを育てるといいのよね. 子供とかさ, 鉢植えとかね. そうすると, 自分の限界がわかるのよ.

276

そこからがはじまりなのよ.」

　歌うような調子で, 彼女は彼女の人生哲学を語った.

　「いろいろ, 苦労があるのね.」

　感動して私が言うと

　「まあね, でも人生は本当にいっぺん絶望しないと, そこで本当に捨てらんないのは自分のどこなのかをわかんないと, 本当に楽しいことがなにかわかんないうちに大っきくなっちゃうと思うの. あたしは, よかったわ.」

　と彼女は言った.)

　직업병인지 '인생철학'이라는 단어에서 눈이 반짝했다. 그리고 그 내용이 가슴에 다가왔다. 나는 이런 종류의 말들이 저 플라톤이나 아리스토텔레스, 저 칸트나 헤겔의 철학 못지않은 의미를 지닌다고 믿는 편이다. 괴로운 일, 힘든 일, 한계, 절망…, 바나나의 이런 단어는 또한 부처, 쇼펜하우어, 야스퍼스, 키에게고 철학의 한 핵심 개념이기도 했다. 게다가 이 소설에서는 에리코와 미카게 자신이 바로 이런 상황의 한복판에 있으므로 이런 단어들이 생생하게 살아 숨쉬고 있다. 그저 단순한 개념이 아닌 것이다.

　더욱이 에리코는 그런 상황에서의 '홀로서기'를 말해준다. 실제로 그녀는 그것을 위해 아버지에서 어머니로의 성전환을 실행에 옮기기도 했다. 그 과정의 괴로움과 힘듦이 얼마나 많았으랴. 그 홀로서기를 위해 그녀는 '뭔가를 키워보기'를 권한다. 아이, 화초…, 유이치를 키우는 것도 당연히 포함돼 있었을 터. 거기서 한계와 절망을 그녀는 온몸으로 느꼈을 것이다. 화초도 강아지도 고양이도 쉽게 뜻대로 자라지는 않는다. 하물며 자식이야! 화초와 애완동물은 심지어 죽기도 한다. 한계와 절망은 뭔가를 키우는 자에게 그림자처럼 따라온다. 아니, 인생 그 자체의 모든 장면에 그림자처럼 드리워져 있다.

그런데 에리코에게 절망은 끝이 아니다. '거기서부터가 시작'이라고 말한다. 그녀는 절망을 오히려 디딤돌로 삼는다. '한계와 절망 그 다음'을 이야기하는 것이다. 그 막다른 길에서 진짜로 소중한 것이 모습을 드러내는 것이다. '자기가 정말 버릴 수 없는 것', '정말로 즐거운 것', 그게 뭔지를 절망해보면 안다는 것이다. 해도 해도 안 되지만, 너무나 힘들고 괴롭지만, 안 할 수 없는 것, 꼭 해야 하는 것, 꼭 하고 싶은 것, 도저히 버릴 수 없는 것, 그걸 알 수 있게 된다는 것이다. 자식을 포함해 그런 무언가를 철학에서는 '의미'라고 부르기도 한다. 더러는 '사명'이라고 부르기도 한다. 혹은 '가치'라고 부르기도 한다.

눈여겨보면 사람들의 삶이 실제로 그렇게 돌아간다는 것을 알 수 있다. 누구는 자식, 누구는 시, 누구는 노래, 누구는 춤, 누구는 그림, 누구는 사랑, 혹은 누구는 정의, 누구는 독립, 누구는 통일! 적지 않다. 그런 소중한 것들이 다 한계와 절망을 극복한 저 너머에 있음을 유이치의 아빠였던 엄마 에리코는 알려주는 것이다.

철학은 결코 저 구름 위에 있지 않다. '키친'에도 대단한 철학들이 숨어 있다. 냉장고를, 혹은 서랍을, 혹은 선반을, 한번 열어보기 바란다. 그리고 잘 찾아보기 바란다. 우리의 삶을 고양시켜줄 어떤 기발한 철학을. 에리코의 철학, 바나나의 철학, 그런 철학을! 바나나라도 하나 까먹으면서!

샐러리맨들〈센류〉

웃고 싶다

　스트레스 받는 일이 생겨서 나도 모르게 좀 찌푸리고 있었더니 아내가 억지로라도 웃어보라고 권했다. 어디서 들었는지 억지로 웃는 웃음도 뇌를 착각하게 만들어 실제로 즐거워지는 효과가 있다고 했다. 핫하하 큰소리로 웃어봤다. 아내에게는 미안하지만 별 효과는 없는 것 같다. 억지로가 아니라 실제로 좀 폭소를 해봤으면 하고 바랄 때가 많다. 그런데 그런 기회는 의외로 그다지 많지 않다. 그래서 나는 가끔씩 누가 조금만 웃겨줘도 일부러 두 배 이상 부풀려서 과도하게 웃어보기도 한다. TV를 볼 때도 그런 편이다.

　하여간 좀 웃고 싶다. 폭소까지는 아니더라도 그냥 실없는 웃음 정도라도 고마울 것 같다. 그런 생각을 하고 있던 참에 웃을 거리가 하나 생겼다. 일반인들은 잘 모르겠지만 이웃 일본에는 '센류(川柳)'라고 하는 문학 장르가 있다. 저들의 전통 시가인 '하이쿠(俳句)' 형식(5-7-5의 정형시)에 하이쿠처럼

특별한 규칙 없이 비교적 자유롭게 세간의 일들, 인간사의 행간을 빗대어 표현하는 일종의 해학문학이다. 해마다 모 기업에서 'サラリーマン川柳(월급쟁이 센류)'라는 타이틀로 이 '센류'를 공모해 우수작을 발표하는데 그 중 몇 개가 나에게 웃음을 선사해준 것이다.

이런 종류의 문학은 사실 번역이 거의 불가능하다. 번역을 하면 그 순간 맛이 죽어버린다. 그래도 어쩔 수는 없으니 번역해서 몇 개를 소개해본다. (끝부분은 작가명)

「パパお風呂」入れじゃなくて掃除しろ—家内関白
'여보 목욕', 하세요가 아니라 '하게 닦아둬!'—마눌각하

病院でサミットしている爺7—アキちゃん
병원에 모여 정상회담 중이신 할배들 세븐(＊爺[할배]와 G는 일본어로 같은 발음)—아키짱

「後でやる!」妻の顔見て すぐにやる—後回し男子
'이따가 할게!' 아내 얼굴 보고는 후다닥 착수—미루기 남자

このオレに あたたかいのは 便座だけ—宝夢卵
집에서 내게 따뜻이 대하는 건 오직 변좌뿐—홈런

守ろうと 誓った嫁から 身を守る ― 恐妻家
지켜줘야지 맹세한 아내한테 나를 지켜줘 ― 공처가

記憶力 ないから楽し 再放送 ― 鳩(にほ)の里
좋던 기억력, 떨어지니 즐거운 TV 재방송 ― 논병아리마을

「あれとって」ママ口動く パパ動く ― かかあ天下
'저거 좀 줘봐' 엄만 입 움직이고 아빠 움직임 ㅋ~ ― 마누라천하

ひどい妻 寝ている俺に ファブリーズ ― 冷てえ!
망할 마누라 자고 있는 나한테 탈취제 슉슉 ― 앗차거!

「誰の指示?」数分前の 貴方です ― こはく
'누구 지시야?' 조금 전 직접 하신 지시잖아요 ― 호박

見て学べ? どうりで部下が 育たない ― ヒロシこの夜
'보고 배워라?' 어쩐지 부하들이 엉망이드만 ― 히로시 이 밤

会議中 セキ我慢して オナラ出る ― ヤギママ
회의 중이라 기침 꾹 참았더니 방귀가 뿌앙! ― 염소엄마

「ちがうだろ!」妻が言うなら そうだろう ― そら

'그건 아니지!' 마눌님 말씀이면 아닌 게 맞지… — 하늘

備忘録 書いたノートの 場所忘れ — メモ魔
잊지 말 것들 적어 뒀던 그 노트 어디 뒀더라 — 메모광

「要するに」言葉を聞いて はや10分 — ながっ!
'마지막으로' 그 말씀 듣고 나서 벌써 10분째 — 길엇!

「先を読め!」言った先輩 リストラに — 山悦
'미래를 읽어!' 외치던 회사선배 정리해고 됨 — 산열

娘来て「誰もいないの?」オレいるよ — チャッピー
딸이 놀러와 '아무도 집에 없어? 나 있잖아 — 채피

少子化で サンタが子どもを 上回る — 還暦 マジか
저출산으로 산타가 애들보다 더 많아지고 — 진짜 환갑?

入歯 見て 目もはずしてと せがむ孫 — ハッスル爺さん
틀니 보더니 '눈도 한번 빼봐요' 조르는 손주 — 기운찬 할배

일본 사람들도 대충 이렇게 웃으며 살아간다. 드세진 마누
라 눈치도 보고, 노인들은 병원에서 노닥거리고, 세월과 함께

기억력은 점점 쇠퇴해가고, 직장 상사라는 것들은 순 엉터리고…. 그런 집에서 나와 그런 회사에서 부대끼다 또다시 그런 집으로 돌아간다. 그러다 결국은 병원 신세다. 보통 사람들의 삶이란 게 대충 그런 것 아닌가. 이웃나라도 다 그렇구나, 그렇게 공감하면서 잠시나마 웃을 수 있다면 그것도 의미가 없진 않을 터. (이런 '순간의 웃음들'은 실은 인생이란 모래밭에서 반짝이는 사금과도 같다.)

웃을 일 없는 이 시대 우리 사회에서도 이 정도의 해학쯤은 좀 살아 있다면 좋겠다. 이런 걸 위해 나서줄 '철학 있는' 기업이나 신문사는 어디 없을까?

이수정

일본 도쿄대 대학원 인문과학연구과 철학전문과정 수사 및 박사과정을 수료하고, 하이데거 연구로 문학박사 학위를 취득했다.

한국하이데거학회 회장, 일본 도쿄대 연구원, 규슈대 강사, 독일 하이델베르크대·프라이부르크대 객원교수, 미국 하버드대 방문학자 및 한인연구자협회 회장 등을 역임했다.

월간《순수문학》을 통해 시인으로 등단했고, 현재 창원대 철학과 교수로 재직 중이다.

저서로는 *Vom Ratzel des Begriffs*(공저), 《하이데거—그의 생애와 사상》(공저), 《하이데거—그의 물음들을 묻는다》, 《편지로 쓴 철학사》, 《시로 쓴 철학사》, 《본연의 현상학》, 《인생론 카페》, 《진리 갤러리》, 《인생의 구조》, 《사물 속에서 철학 찾기》, 《공자의 가치들》, 《생각의 산책》 등이 있고, 시집으로는 《향기의 인연》, 《푸른 시간들》 등이 있으며, 번역서로는 《현상학의 흐름》, 《해석학의 흐름》, 《근대성의 구조》, 《일본근대철학사》, 《레비나스와 사랑의 현상학》, 《사랑과 거짓말》, 《헤르만 헤세 시집》, 《라이너 마리아 릴케 시집》, 《하인리히 하이네 시집》 등이 있다.

알고 보니, 문학도 철학이었다

1판 1쇄 인쇄	2018년 9월 20일
1판 1쇄 발행	2018년 9월 25일

지은이	이 수 정
발행인	전 춘 호
발행처	철학과현실사

출판등록	1987년 12월 15일 제300-1987-36호
	서울특별시 종로구 동숭동 1-45
	전화번호 579-5908
	팩시밀리 572-2830

ISBN 978-89-7775-813-1 03800
값 12,000원